KB112296

딸기 따러 가자

딸기 따러 가자

고립과 불안을 견디게 할
지혜의 말

●

정은귀

마음산책

딸기 따러 가자

고립과 불안을 견디게 할 지혜의 말

1판 1쇄 발행   2022년 4월 25일
1판 3쇄 발행   2024년 8월 10일

지은이   정은귀
펴낸이   정은숙
펴낸곳   마음산책

등록   2000년 7월 28일 (제2000-000237호)
주소   (우 04043) 서울시 마포구 잔다리로3안길 20
전화   대표 | 362-1452   편집 | 362-1451
팩스   362-1455
홈페이지   www.maumsan.com
블로그   blog.naver.com/maumsanchaek
트위터   twitter.com/maumsanchaek
페이스북   facebook.com/maumsan
인스타그램   instagram.com/maumsanchaek
전자우편   maum@maumsan.com

ISBN   978-89-6090-733-1 03810

• 책값은 뒤표지에 있습니다.

"딸기 따러 가자."

낙심과 우울과 절망을 떨치고 벌떡 일어나게 하는 말.

어려운 시절일수록, 앞이 보이지 않을수록,

무엇이든 '한다'는 것은 그 자체로 구원입니다.

오늘 저도 저의 딸기를 따러 갈까 합니다.

일러두기

1. 외국 인명, 지명, 독음 등은 외래어 표기법을 따르되 관용적인 표기와 동떨어진 경우 절충하여 실용적 표기를 따랐다.

2. 시나 글의 편 제목은 「」로, 책 제목은 『』로 묶었다.

3. '달의 말' 페이지에 소개된 이름들 가운데 왼쪽에 적은 것은 인디언들의 달 이름이며 오른쪽에 적은 것은 저자가 시민대학 수강생들과 함께 지은 이름이다 (예: 17쪽 왼편 '인사를 나누는 달'에서 '얼음 얼어 반짝이는 달'까지는 인디언들이 지은 이름인 반면, 오른편 '작심삼일의 달'에서 '아쉬움과 희망이 교차하는 달'까지는 새롭게 지은 이름이다).

생의 길이 가로막혔다고 느껴질 때면

고개를 들어

하늘을

올려다보며

너 자신의 노래를 불러라.

—누트카족의 말

　　　　　딸기 따러 가자……. 이 책은 고립과 불안의 시절,
과거의 말에 기대어 제가 하루하루를 이어간 이야기입니다.
아메리카 인디언들의 열두 달과 지금 여기의 열두 달을 함께
엮으며 우리네 삶을 지혜롭게 잘 이어가자고 손을 내미는 초
대장입니다. 문명을 앞세우고 들어온 백인들에게 땅을 뺏기
고 죽임을 당한 인디언들의 역사는 흔히 절멸絕滅이라는 말
로 설명됩니다. 그런 그들의 이야기 또한 낡고 힘없는 언어
라 무너진 담벼락의 잔해처럼 느껴질 때도 있습니다.

　　　　　하지만 그들이 남긴 말은 퇴화된 흔적에 머물지
않고 폭력과 불안과 우울로 가득한 지금 시대를 건너는 우리
에게 매우 구체적인 지침을 줍니다. 그들은 지금도 시를 쓰
고 밥벌이를 하며 하루를 잇고 오래된 미래를 새롭게 만들어
가고 있으니까요.

　　　　　'딸기 따러 가자'는 말도 그러합니다. 앞이 보이지
않을 때 모호크 인디언 할머니가 새벽에 가족을 깨우며 하는

말. 어떤 절망의 순간에도 넋 놓고 그냥 있지 말고 무언가를 함께 하자는 그 말은 어머니의 어머니에게서 딸에게 또 그 딸의 딸에게로 전해 내려온 삶의 지혜입니다. 돈 벌러 외지로 나간 남자는 돌아오지 않고 소식조차 없을 때 가족을 보듬어 하루하루를 이어간 인디언 여성들의 생기가 바로 그 말에 새겨져 있습니다.

말은 사람을 살리기도 하고 죽이기도 하지요. 지금까지 걸어온 '시의 길'에서 저는 사람을 살리는 말에 가장 효과적으로 가닿는 언어적 실천으로서의 시를 늘 고민해왔습니다. 아메리카 인디언들의 말은 생태적 관계성, 장소성, 공공성에 대한 사유를 핵심으로 하기에, 그들의 이야기는 지금 시대, 우리가 다다른 문명의 막다른 길에 새로운 빛을 비춰줍니다.

책에 수록된 글은 인디언들이 마주한 계절과 그 달들의 호흡을 우리 시대의 시민들이 느끼는 열두 달의 감각과 나란히 살피며 써 내려갔습니다. 저마다 고립된 삶의 길을 타박타박 걸어가면서도 공생의 지혜를 모색하는 그들의 이야기가 제게는 늘 힘이 되었기에 이를 나누고자 한 것이지요.

"사람이 어째 마소가 되었나? 이게 우리 인간이 지금까지 방자하게 살아온 데 대한 형벌이 아니겠나?"

병원 복도에 나란히 앉아 진료 차례를 기다리던

어느 날 이모님이 하신 말씀. 그날 저는 마스크 쓴 우리 시대의 초상을 통해 재갈 물린 짐승의 아픔을 처음 생각해보았지요. 내 경험을 상대화하고 다른 존재가 되는 것이 얼마나 어려운 일인지 실감했지요.

같은 사람으로 태어났다 하더라도 어떤 이는 남들이 당연히 누리는 자유를 제대로 누리지 못하고 형벌 같은 조건 속에서 평생을 살기도 하고, 또 어떤 이는 승자들만의 리그 안에서 안전하게 한 생을 살다 가기도 합니다. 그런 불평등한 세상에서 각자가 남기는 삶의 무늬를 생각해봅니다.

고립이 생존조건이 되어버린 팬데믹 세상을 지나고 있습니다. 각자의 공간에서 한 세대는 다른 세대를, 한 종교는 다른 종교를, 한 성gender은 다른 성을, 한 민족은 다른 민족을, 한 입장은 다른 입장을 헤아리지 않고, 공생보다는 혐오와 배제의 말을 쏟아냅니다. 질서를 명분으로 위계와 차별과 종속을 계속 만들어냅니다. 이런 세상에서 '홀로 또 함께' 가는 공생의 가치를 중시한 아메리카 인디언들의 말은 빛의 언어입니다. 그들은 패배의 운명을 알면서도 이 세상 낮은 자리에 있는 약한 존재들, 입이 없는 이들을 함께 아우르는 가치를 포기하지 않았습니다.

하늘을 바라보면서 걷는 일을 즐기는 저는, 제 글이 폐허의 세계에서 함께 희망을 싹틔우는 씨앗이 되길 바람

들어가며

니다. 제가 전하는 이야기를 읽는 누군가가 끝도 없이 지난한 일상에서 숨을 더 편안히 쉴 수 있으면 좋겠습니다. 죽고 싶을 만큼 힘들다가도 주변을 돌아보며 글에 기대어 하루를 더 살고 싶어진다면, 힘없이 누워 있다가 "우리 딸기 따러 가자"며 손을 내밀고 또 그 손 맞잡고 일어날 수 있다면 그걸로 충분하겠습니다.

'아메리카 인디언'이라는 이름을 짚고 갈까 합니다. 사실 요즘은 정치적 올바름을 따라 '아메리카 인디언' 대신 '아메리카 원주민'으로 많이 불립니다. 그래도 그들 다수가 여전히 불리기 원하는 이름은 '인디언'이기에 책에서는 그걸 살렸습니다. 인디언들의 달 이름 아래 나란히 쓰인 열두 달 이름은 몇 해 전 제가 참여한 시민대학에 함께하신 수강생들이 지은 것입니다. 인디언들의 열두 달 이름과 그들이 전하는 지혜의 말들은 원문을 확인하며 새로 번역했기에 독자들께 계절 감각을 새롭게 깨우는 나침반이 되지 않을까 생각합니다. 원고를 완성하기까지 오래 기다려주신 마음산책 편집팀, 특히 세심한 눈을 가진 권한라 팀장에게 그리고 홍영진 교수님께 특별한 고마움을 전합니다.

2022년 4월
정은귀

차례

●❱❭ 첫 번째 달의 말

○   인사를 나누는 달

해가 눈 녹일 힘이 없는 달

바람 속 영혼들처럼

   눈이 흩날리는 달

마음 깊은 곳에 머무는 달

위대한 정령의 달

중심이 되는 달

작은 나뭇가지들이

   눈에 부러지는 달

강한 바람의 달

늙은이가 불쏘시개를

   펼쳐놓는 달

즐거움이 넘치는 달

그녀의 추운 달

얼음 얼어 반짝이는 달

작심삼일의 달

새 수첩을 마련하는 달

설계하는 달

추위가 생각보다 덜한 달

실패를 거듭해도

   새로이 시작하는 달

눈썰매 타기 좋은 달

친척들이 모두 모이는 달

아쉬움과 희망이

   교차하는 달

인디언의 열두 달을 이야기하기 전에 우연한 일화 하나로 말문을 틔워볼까 합니다. 얼마 전 뉴욕의 북클럽 회원들께서 저의 첫 산문집 『바람이 부는 시간』으로 독서 모임을 한다고 저를 초대해주셨어요. 그리 유명한 책이 아닌데 인디언 시에 담긴 영성을 눈여겨봐주신 분들이 먼 곳에서나마 불러주시니 고마워 흔쾌히 줌Zoom으로 함께했지요.

북클럽, 참 다정한 이름. 이민 생활 25년, 30년이 되는 나이 지긋한 분부터 우는 아기를 안고 참석한 어린 엄마까지, 연령대와 관심사가 다양한 분들의 모임이었어요. 뉴욕이라는 공간에서 우리말로 된 책을 읽는 북클럽이 오래 이어진 점도 신기했고, 그날 저의 산문집을 정성스레 읽고 오신 점도 고마웠지요.

컴퓨터 화면으로 얼굴을 마주했지만 바로 곁에 계신 듯, 많은 이야기를 나누었어요. 여러 이야기 끝에 한 분이 예리한 질문을 던지셨어요. 아메리카 인디언들은 우리처럼 양력을 따르지 않을 텐데 어째서 열두 달인가 하고요. 딱 필요한 질문이었어요.

저는 질문을 좋아해요. 강의 중에, 독서

모임 중에, 일상의 이야기 중에 질문은 상대방의 지식을 가늠하는 잣대이기보다는 관심과 탐색이고, 기대를 나누는 출발점이잖아요. 가능성이자 모험을 품고 있는 말, 그게 질문인 것 같아요. 쉽고 단순한 질문도 선물이고, 어렵고 난처한 질문도 그 자체로 새로운 이야기로 물꼬를 트는 힘이 있어요. 저 또한 호기심 천국이라 일상에서 질문이 많은 사람인데요. 그 우연한 질문을 통해 그동안 인디언들에 대해 수없이 이야기하면서도 미처하지 못한 말이 생각나는 거예요. 그 말들에 기대어 제가 또 글을 쓰고 있으니, 질문은 얼마나 재밌는 만남과 발견을 가능하게 하는지요. 글을 쓰고 읽는 일이 사람 사이의 연결이라면, 글을 통해 나누는 이야기는 또 하나의 초대이자 발견이지요.

질문처럼 인디언들의 달은 우리네 양력처럼 똑 떨어지는 열두 달이 아니랍니다. 열두 달보다는 열세 달에 더 가까운데, 그 이유는 28~29일 정도로 돌아가는 달의 주기를 따랐기 때문이지요. 그래서 인디언들은 달을 'month'라고 하지 않고 'moon'이라고 하는데, 인디언들의 말을 주로 백인이 정리하다보니 편의상 열두 달로 나눈 거지요. 저도 이 책에서는 그간의 이야기를 열두 달로 나누어 엮어볼까 합니다.

　　먼저 첫 달부터 시작해야겠지요? 인디언들에게 첫 번째 달의 이름은 여럿인데, 대개는 자연의 일부로 살아간 그네들의 생활이 그대로 반영되어 있어요. '그녀의 추운 달Her Cold Moon'은 어머니 대지를 의식하고 부르는 이름이겠고, '얼음 얼어 반짝이는 달' '작은 나뭇가지들이 눈에 부러지는 달' 등 날씨에 빗댄 이름들도 있어요. 그 외에 '중심이 되는 달' '즐거움 넘치는 달' 등의 이름으로 마음의 풍경을 이입하기도 했고요. '늙은이가 불쏘시개(땔나무)를 펼쳐놓는 달'은 얼마나 친근한 생활 풍경인지요.

　　글을 쓸 때 자주, 이런 익숙하면서도 낯선 감각에서 영감을 얻곤 합니다. 앞에서 인디언의 달 이름 바로 아래 쓴 이름들은 지금 여기의 우리 목소리예요. 여러 해 전 시민대학 강의에서 인디언의 시와 글을 읽으며 그 영성을 생각하는 시간을 보냈는데요. 강의를 마무리할 무렵, 우리가 살아가는 세상에서는 각각의 달에 어떤 이름을 지을 수 있을까 질문을 던졌지요. 그때 수강생들이 손 들고 말씀하신 이름들을 소중히 받아 적어두었는데, 이 책에 보석처럼 쓰이네요. 소박한 생활의 기록이자 정직한 계절 감각으로 지금 여기의 우리를 돌아보는 일은 늘 소중하니까요.

      '추위가 생각보다 덜한 달' 1월. 그날의 강의 노트에 기록된 1월의 이름을 돌아보니 경쾌하게 목소리를 내주신 분들의 표정이 아직도 생각나요. 교사 생활을 오래 하시고 은퇴 후에 우울증을 겪는 분. 딸과 함께 운동을 다니며 우울증에서 막 벗어나기 시작하셨다는 그분은 늘 씩씩하셨어요. 수강생들이 붙여준 여러 이름 중에 '실패를 거듭해도 새로이 시작하는 달'이란 이름이 저는 특히 좋았어요. 새로 결심할 수 있다는 것, 새로 다짐하고 새로 꿈을 꿀 수 있다는 것, 그것만으로도 새해 첫 달은 충분히 뜻깊은 것 같거든요. 그런데 가만 생각해보면 1월이라 그런 게 아니고 매일 매 순간이 그 가능성을 선물로 주는데, 우린 그걸 잊고 살지요.

      새해가 시작되면 저도 저만의 달 이름을 지어주곤 해요. 올해 저는 관상의 태도를 지향점에 두고서 1월을 '그저 바라보는 달'이라 이름 지었어요. 어떤 사건, 어떤 사람, 어떤 시간을 그저 바라보려고요. 판단보다는 기다림을 선택해보려고요. 그게 말처럼 쉽지는 않아 특별히 1월의 이름에 얹어두고 생각하기로 했어요. 이것도 작은 일로 시작된 감정의 소용돌이에 제 몸과 마음이 시달린 끝에 든 생각입니다. 훗날 시간의 침잠을 견디고 난 후 이 이야기 또한 글로 풀어낼 시간이 올까요. 새해 첫 달, 지난 여러 해, 제 말의 흔적을 돌아보니 답답하고 막막했던 그 시간이 그리 나쁘지 않았다는 생각이 듭니다. 기댈 말이 있다는 것, 얼마나 고마운 일인지요.

세계를 바라보는 법

가만히 앉아 있는 걸 즐기라는 가르침,

아이들을 가르치는 일은 여기서 시작했다.

냄새를 맡기 위해, 또 보이지 않는 걸 보기 위해,

또 고요한 걸 귀 기울여 듣기 위해 감각을

어찌 써야 할지

아이들에게 맨 먼저 가르치는 건 그런 거였다.

가만히 앉아 있지 못하는 아이는 발달이

덜 된 아이다.

　　　　　　_라코타Lakota족 부족장 '서 있는 곰 루터'의 말

'인사들 나누는 달' 1월, 새해 첫 나날을 시작합니다. 분주했던 연말 지나고 새 마음 다지는 시간, 호피족이 붙여준 첫 달의 이름처럼 제게는 '즐거움이 넘치는 달'이 시작되었어요. 새해 첫 아침에는 늘 새로운 맹세로 가득합니다. 가령 이런 것이지요. 새해엔 건강을 위해 매일 운동을 하겠

다, 하루 만 보 걷기를 하겠다, 영적 평화를 위해 매일 성경 필사를 하겠다 등 다부진 각오입니다. 저는 어떤 결심을 했을까요.

1. 나 자신을 아낄 것
2. 매일 걷고 기도할 것
3. 매일 시를 읽고 쓸 것
4. 매일 번역을 조금씩 할 것
5. 자세를 교정할 것

이렇게 다섯 가지 새해 결심을 적어놓고, 일하는 시간을 잘 지켜서 과로하지 않겠다는 결심을 하던 참입니다.

라코타 인디언 부족장인 '서 있는 곰 루터Chief Luther Standing Bear'가 태어난 아이에게 맨 먼저 배워야 할 것으로 알려주는 말은 얼핏 그리 특별하지 않아 보입니다. 하지만 새겨 읽어보면 좀 비범한 능력인 것도 같습니다. 냄새 없는 것을 냄새 맡는 법, 보이지 않는 것을 바라보는 법, 들리지 않는 것을 듣는 법. 모두 사물과 세계를 인지하는 감각에 관계된 것들이지요. 모두 야생에서 생존하는 데 꼭 필요한 능력이겠지요. 아메리카 인디언들은 우리와는 다른 척박한 삶의 조건에서 자연과 마주하여 모든 생존 방식을 손과 발로 체득하며 살았으니까요.

이 가르침은 살면서 필요한 가장 기본적인 배움이겠지요. 놀라운 것은, 현대를 사는 우리들은 이 감각을 모두 잊어버렸다는 거예요. 사방에 감각을 일깨우는 자극에 둘러싸여 있는 우리. 바로 그 이유로 우리는 모든 감각에 눈이 멀어버렸다는 생각이 듭니다. 찬란한 문명을 살지만 실은 후각도, 시각도, 청각도, 사고력도 마비된 우리가 아닌가요.

보이지 않는 것을 바라보는 법은 현실 속에서 희망을 찾아나가고자 할 때 필요한 첫 감각일 것입니다. 들리지 않는 것을 듣는 법. 그간 우리의 감각을 마비시켰던 것들에서 깨어나 스스로를 회복하는 길. 아이가 배워야 하는 것을 처음부터 다시 배워야 할 우리. 물질적 가치에 눈멀고 타락한 아둔한 문명인인 저도 그 길이 자꾸 더 어렵게 느껴지지만, 그래도 애써 할 수 있다고 결심하고 새 인사를 건네는 아침입니다. '중심이 되는 달', 나만의 몇 가지 중요한 원칙을 새기며 마음의 중심을 가만히 잡아봅니다.

나무의 감정

나무가 다치지 않았으면 좋겠다.

어쩔 수 없이 나무를 다치게 해야 할 때면,

우리는 나무를 자르기 전에 언제나 담배를 바친다.

우린 나무를 절대 낭비하지 않기에,

자른 나무는 다 사용한다.

나무의 감정을 생각하지 않고 나무를 자르기 전에

담배를 권하지 않는다면,

숲의 다른 모든 나무들이 슬피 울 것이고,

그러면 우리 마음도 슬퍼질 것이다.

_메스콰키Mesquakie족의 말

몇 해 전 샌프란시스코에서 조금 떨어진 버클리에 머문 적이 있습니다. 모처럼 연구년을 맞아서 버클리대학에 방문 교수로 갔는데요. 낯선 곳에서 둥지를 트는 일이 얼마나 어려운지, 처음 며칠은 작은 새라도 된 심정이었지요. 은행 계좌를 열고 전화를 새로 만들고 또 집을 구하러 다니며 밤늦은 거리를 혼자 걸었네요. 길가의 노숙자들이 돈을 달라고 고함을 지르면 영어를 못 알아듣는 척, 짐짓 다른 곳을 보기도 하고요. 대체로 평화로워 보이는 이곳에도 집 없는 이들, 굶주리는 이들, 떠도는 이들이 있어서 마음이 아픕니다. 날씨가 따뜻해서 노숙자들이 적어도 얼어 죽을 염려는 없다는 게 위안이고요.

공부를 마치고 미국을 떠나온 지 벌써 15년. 다시 미국에 잠시 머물렀을 때 크게 느낀 변화가 있는데, 기후변화에 대한 위기의식입니다. 환경문제와 지구 생태계의 위기를 적극적으로 알리는 목소리가 예전에 비해 훨씬 더 크게 들립니다. 집 앞 담벼락에, 창문에 환경문제를 알리는 그림이나 재미있는 포스터가 많이 붙어 있어서 그걸 살펴보는 재미가 쏠쏠했습니다. 영미권 문화에서는 이런 시사적인 문제에 대해 목소리를 적극적으로 내라고 가르치는데, 우리 문화에서는 튀지 말고 입을 다무는 걸 점잖은 미덕으로 여기니 자기 집 창문에 환경 위기 포스터를 붙이는 건 드문 일이지요. 남의 눈치를 보지 않고 자기 의견을 대놓고 표현하는 자유, 이 현장은 한국인으로서는 부럽습니다.

처음 미국에 공부하러 갔을 때가 2000년이었는데요. 그때 제일 충격이었던 것은 쓰레기통 크기였어요. 주차장도 쇼핑몰도 다 널찍널찍한 미국이지만, 제 몸 두 배는 너

끈히 품음직한 쓰레기통을 보니 한국에서 쓰레기봉투를 꼭꼭 여미며 살던 일상이 무슨 소용인가 싶었어요. 전 세계 사람들이 미국식으로 살려면 지구가 여섯 개 필요하다는 말을 하곤 하는데 그 말이 농담이 아니라 진담이구나, 실감했지요. 모든 것이 넘쳐나는 미국이어서 문화충격이 컸는데 저 또한 적응이 빠른 인간인지라 너무나 빨리 미국식으로 바뀌어 쓰레기를 마구 내다 버리던 날이 생각납니다.

어쨌든 과거와 비교하면 반가운 변화의 바람입니다. 지구의 환경 위기에 대한 자각이 일상생활에도 영향을 미치고 있으니까요. 나무를 자를 때 나무의 감정을 생각한다면, 호흡을 할 때 대기의 정령을 생각한다면, 비를 맞을 때 비의 정령을 생각한다면, 햇살을 쬘 때 해님의 정령을 생각한다면, 우린 얼마나 더 자연을 애틋하게 아끼며 살게 될까요. 그럴 때 우리는 얼마나 더 오래 지구 위에서 함께 행복할 수 있을까요.

그 애틋함을 망각하고 무지막지하게 다루어온 지구가 아프다 합니다. 필요한 최소한의 옷가지와 책을 챙겨 단출하게 몸만 건너온 낯선 곳에서 캠퍼스의 고목들을 보며 메스콰키족, 어느 인디언의 말을 떠올립니다. 그의 말처럼 나무의 감정과 정서, 이 새로운 땅의 정령들을 더 친하게 알고 또 느끼게 되면 좋겠다 싶어 캠퍼스를 오래 걷습니다.

메스콰키족은 자기 부족을 '메시콰히하키Meshkwahkihaki'라고 부르기도 했다는데, '붉은 땅'을 뜻한다네요. 오대호 지역에서 살다가 유럽에서 온 백인들에 의해 중서부 초원지대로 떠밀리다시피 이주한 그들의 운명을 생각합니다.

낯선 땅에서 낯선 사람이 된 그때 저는 그 낯선 거리를 많이 걸었습니다. 눈바람을 만나고 매운 겨울바람에 눈이라도 좀 시원해지면 정신이 번뜩 드는 1월이건만, 눈 대신 노란 꽃들이 피어난 먼 땅이더군요. 낯선 곳에서, 푸른 초원과 붉은 땅의 정기를 품고 살았던 옛 사람들, 이제는 낯선 지명으로 남은 사람들을 생각합니다. 흔적도, 자취도 찾기 힘든 부재이고 소멸입니다.

팔을 뻗어 안아도 제 품보다 큰 굵직한 고목들이 자리한 1월의 버클리대학은 청춘들로 온통 눈부신 푸른 빛깔입니다. 캠퍼스 안에는 작은 개울이 있고, 그 주변에 고목들이 줄지어 서 있습니다. 거기 제가 제일 좋아하는 비밀 장소를 만들어 가끔 가서 앉아 있다 오곤 했습니다. 작은 곰 석상이 자리한 곳에서 정겹고 귀여운 곰에게 살짝 기대어 편지를 띄우곤 했습니다.

슬픔의 연대

우는 걸 두려워 마라.

울음은 당신 마음을 슬픈 생각에서

해방시킬 것이니,

소리 내어 진정으로 울 줄 아는 자는

진심을 말하고 있는 것이다.

　　　　─호피Hopi족의 속담

　팬데믹의 나날, 안녕하신가요? 저마다 갇혀 있는 긴 팬데믹의 시간. 그동안 제가 제일 열심히 한 게 뭐였나 생각해보니, 삼시 세끼 밥상을 차리는 일이었네요. 아침은 둘이 먹지만, 점심 저녁은 대개 혼자 먹어서 대충 건너뛰기 쉬운데, 그럴수록 저는 더 정성 들여 밥상을 차립니다. 천천히 밥을 짓고 먹고, 새해에 결심한 걷기를 계속합니다. 하루의 평안을 누리고 하루치 산을 잘 넘으면 된다고 생각하면서.

　그러다 "오늘은 어떤가요?"라는 질문을 건네며

편지를 씁니다. 세월이, 세상이, 앞이 보이지 않는 지리멸렬한 전장과 같습니다. 우리는 저마다 대단한 결기도 없이 움츠러든 병사 같지만, 실은 저마다 안간힘을 쓰고 잘 견디어온 대견한 존재들이기도 합니다. 순순한 의지로 남을 위해 봉사하는 분들은 전선에서 싸우는 병사들이고, 저는 어쩌면 그분들 날개 아래 잠시 쉬고 있는 중이라는 생각도 합니다.

막막한 시간이 길어지니, 죽음을 생각하는 이들이 너무 많네요. 참 아슬아슬한 나날입니다. 우리 모두 죽어가는 존재라는 자연적 죽음에 대한 이야기가 아니라, 살아갈 날이 구만 리 같은데 죽고 싶은 이들, 삶에서 희망을 찾을 수 없는 이들의 절망을 이야기하는 겁니다. 숨이 턱턱 막히는 현실을 호소할 데 없는 이들의 고립 말이지요. 이 사람들에게 어떻게 닿을 수 있을까요? 이 질문 앞에서 저는 슬픔의 연대가 중요하다는 생각을 했습니다. 어떤 슬픔과 어떤 울음. 내 울음의 진폭을 알아주는 단 한 사람만 있다면, 죽지 않고 살 수 있을 것 같습니다.

힘들면 울어도 된다고. 소리 내어 울지 않더라도 나 힘들어, 혹은 나 외로워 혹은 나 울고 싶어,라는 말 한마디만 할 수 있다면…… 이 세상의 고통을 앓고 있는 수많은 이들을 생각하던 중에 만난 아메리카 인디언의 지혜는 늘 투명하고 간결한 진실을 들려줍니다.

호피족은 미국 애리조나주 동북부에 살던 푸에블

로Pueblo 인디언 부족의 하나인데, 지금은 겨우 1만4천 명 남짓 남아 있다 합니다. 호피 언어를 아는 사람들은 극소수이고 대부분 영어를 쓰고 있다고 해요. 인디언 동화정책의 결과지요. 절멸에 가까운 길을 걸어온 인디언 종족의 지혜를 마주하며 오늘의 슬픔을 이기는 문명인. 슬픈 역설입니다.

웃음과 기쁨과 행복을 아는 공동체를 만들기 위해서는 슬픔과 아픔과 울음을 아는 게 먼저일 거라고. 내 명에, 내 짐을 알아주는 단 한 사람이 있다면 그리 절망적이지 않을 거라고. 오늘도 혹 누군가의 울음을 외면하고 있지 않나 두리번거립니다. 오늘도 혹 울고 싶은 내 마음을 숨기고 가짜 웃음을 짓고 있지 않나 거울을 유심히 봅니다.

우리 그냥 울고 싶으면 울고, 웃고 싶으면 웃고, 자랑하고 싶으면 자랑하고, 불평하고 싶으면 불평하고, 힘들면 힘들다고 말하기로 해요. 부끄러우면 부끄럽다 하고, 슬프면 슬프다 하고, 억울하면 억울하다 하고요. 여과 없이 나오는 날것의 감정을 서로 견디어주는 것도 공동체의 힘이고 지혜일 것입니다. 진심에서 나오는 울음은 소음이 아니고 타인에게 가닿는 연대의 닻일 테지요.

'중심이 되는 달' 1월. 나의 중심은 어디에 있나 돌아봅니다. 중심은 고정된 것인가. 아닌가. '바람 속 영혼들처럼 눈이 흩날리는 달' 같이 내 중심도 그렇게 이 바람 속을 돌아다니며 이동하는 것인가, 아닌가. 궁금합니다. 정처 없는 흩날림이 자연스러운 것이라면 갈 곳 없이 흔들리는 그 움직임 또한 어떤 순간의 중심이 될 수 있을까 자문해봅니다.

끝이 보이지 않는 팬데믹을 지나는 나날, 오늘 저의 중심은 슬픔도 화도 아니고 분노도 아니고 우울도 무력감도 아니고, 그저 약간의 미열 같은 슬픔. 소리로 나오지 않으나 어딘가 고여 있던 울음. 그 마음을 바라봅니다. 그러고 보면 마음의 중심 또한 어느 한자리에 그대로인 것이 아니라, 움직이는 것입니다. 지금 여기 내 마음 안에서 그려지는 정직한 풍경, 움직이는 마음의 빛깔을 다시 바라봅니다.

삶과 죽음 모두에 깃들던 날

자연의 삶, 인디언의 삶 속에는

그 어떤 것도 죽음을 두려워하지 않는다.

죽음은 자연스럽다. 죽음은 삶의 한 부분이다.

우린 그걸 안다.

우리의 점잖은 사회에서 우리가 놓치고 있는

인디언적인 요소가 있다면,

내가 이해하기로는 바로 이거다. 즉,

죽을 준비가 되지 않고서는

우리가 제대로 살 수 없다는 깨달음. 우리 모두

떠나리라는 걸 깨달아야 한다.

_윈투Wintu족 진 켈루체의 말

1월은 이상합니다. '즐거움이 넘치는 달'과 '몹시 추운 달'과 '바람이 울부짖는 달'이 모두 1월입니다. 저는 바람처럼 많이 울었습니다. 몹시 추웠다가 몹시 더웠다가 다시 추워졌습니다. 새해 시작하고 사랑하는 이모님께서 세상을 떠나셨어요. 암 투병 중이었지만 수술 경과도 좋고 컨디션도 그럭저럭 괜찮으셨는데, 갑작스레 나빠졌어요. 폐렴이 왔다는데, 그것도 모르고 저는 부지런히 밥 좀 많이 드시라고 권했지요. 무지였는지, 운명이었는지, 시간과의 싸움에서 진 것은 이모님이 아니라 우리였던 것 같습니다.

며칠 전에 찾아뵈었을 때도 "밥 먹고 가라"며 안부를 물으셨는데, 이모님은 눈을 감으실 때 이 세상과 작별할 준비가 되었을까, 혼몽한 정신으로 무슨 생각 하셨을까, 너무 갑작스런 작별에 많이 울었습니다. 죄송한 마음. 돌봐드리지 못했다는 자책에 오래 앓습니다.

아직은 잘 모르겠어요. 떠나는 자나 남는 자나 죽음에 준비되지 않은 것은 매한가지라, 남은 가족들은 떠나신 분이 평소에 보여주신 웃음과 지혜를 기억하는 것으로 준비되지 않은 이별을 슬픔 속에서도 감내합니다. 저 또한 이모님께서 이젠 육신의 고통을 벗으셨다는 것에서 위안을 찾을 뿐, 평안하시라는 기도 말고는 달리 할 수 있는 게 없이 삶과 죽음의 이 가깝고도 먼 거리를 실감합니다. 이 세상에 온 한 여인으로 직면한 수많은 싸움들, 남편과 부모 형제를 차례로 떠나보내시며 겪은 죽음들, 고통과 상실과 슬픔을 매우 견고히 버티어내신 분인데 자손은 당신의 부재에 당황합니다. 그 견고함을 안간힘으로 흉내 내어, 영정 앞에서 그동안 수고 많으셨다고 깊은 절 올립니다.

　　사랑하고 존경했던 분의 죽음과 함께 맞이한 새해이건만, 다시 하루하루가 흐릅니다. 돌아서면 아무것도 아닌데 고민하고 속상해합니다. 왜 이리 변덕스러운지요. 죽음이 삶의 한 부분이며, 죽음을 이기는 것은 없으며, 죽음 이후에 남겨지는 것들의 무게를 생각한다면 '오늘 하루 삶이 좀 가벼워질 수 있을까' '조금 더 기쁠 수 있을까?' '미운 사람을 조금 더 자비롭게 용서하고 껴안을 수 있을까?' 자문하다가도, 금방 꺼질 듯 한숨 쉬는 우리입니다.

　　수의에는 주머니가 없다고 해요. 주머니 없는 옷을 입고 떠나는 이 세상의 마지막 길을 떠올리면 지금 여기, 욕심으로 두꺼워진 우리는 조금 가벼워질 수 있을까요? 금방 잊어버릴 얕은 깨달음 아닐까요?

　　아메리카 인디언 윈투족은 캘리포니아 북쪽에 살던 아주 평화로운 부족이었습니다. 새크라멘토 계곡 북쪽에서 살던 부족인데, 지금은 대부분 인디언 보호 구역에 살고 있습니다. 윈투족의 작가이자 사업가였던 진 켈루체Gene Keluche, 1933~는 매우 겸손하고 지혜로운 사람이라고 합니다. 그의 말에 따르면 죽음은 두려워할 것이 아닌, 삶의 한 부분일 따름입니다. 반면 삶과 죽음을 명백하게 가르고, 죽음을 삶의 대척점에 놓고 사는 우리에게 죽음은 늘 준비되지 않은 저 먼 것입니다. 영원히 살 것처럼 행동하고 집착하고 쌓아

두다 죽는지도 모르고 죽는 우리 아닌가요.

　　1월의 차가운 바람벽에 이모님을 세워서 묻습니다. 5월 환한 햇살 받고 태어난 아가가 생명의 꽃나무가 되었다가 마른 나무가 되었다가 한 줌 재로 거두어지는 과정을 지켜보며 '필멸mortality'이 가혹하고 쓰린 생명의 법칙이라 생각했는데, 그게 아닌 게 아닌가, 살아서 잠시 나눈 웃음과 사랑과 죽음이 다 하나가 아닌가, 되묻습니다. 저는 오늘 삶과 죽음, 그 모두에 함께 깃들어 있었던 것 같습니다.

●❱❭　두 번째 달·의 말·

○ 나뭇가지들이 땅바닥에
　　떨어지는 달
강에 얼음이 풀리는 달
새순 돋는 달
오랫동안 메마른 달
거위의 달
뼈가 다 드러나는 달
서리가 햇빛에 반짝이는 달
먹을 것이 너무 없어
　　사람들이 뼈를 갉작거리고
　　뼈 곤 국물을 먹는 달
오래된 달
작고 힘든 얼굴의 달
정화purification와
　　재생renewal의 달
비 내리고 춤추는 달
더디게 가는 달
추위로 나무들이 갈라지는 달
메마른 달

나에게 축하하는 달
만선을 기원하는
　　풍어제가 열리는 달
영동할매가 내려와서
　　더 추운 달
내 생일이 있는 달
한 달을 속절없이
　　보내고 나니 다짐하고
　　또 다짐하는 달
짧은 시간에 분주한 달
나보다 더 어려운 이웃을
　　생각하는 달
하루 차이로 아쉬움 큰 달

문득 생각해보니, '인디언'이라는 명칭을 자세히 얘기 않고 넘어간 것 같아요. 아메리카 원주민을 부르는 이름이 여러 개 있는데, 인디언이라는 말은 요즘 사회과학 쪽에서는 '정치적 올바름Political Correctness'을 고려해 잘 쓰지 않아요. 가령, 미국사회에서 아프리카 노예의 후손들을 예전에는 '흑인Black' 혹은 '유색인종Colored People'이라고 하다가 요즘은 '아프리카계 미국인African American'이라 하고, 아시아 이민자들도 예전엔 피부색을 비하하는 단어를 썼다 요즘은 '아시아계 미국인Asian American'이라고 하는 것도 정치적 올바름의 영향이지요. 예전에는 African-American, Asian-American이라며 두 단어 사이에 하이픈을 썼는데, 이 하이픈이 종속 관계를 나타내는 혐의가 있다 하여 지금은 그마저 빼는 추세고요.

이민자들이 새로운 국가를 건설하려는 꿈을 꾸며 유럽에서 건너오기 전부터, 미국은 오랜 시간 수많은 원주민들이 살던 나라지요. 크고 작은 부족들이 각각의 '네이션Nation'(부족국가)을 형성하며 살았는데, 근대적인 의미의 국가가 아니었고요. 자기들만의 부족 언어를 쓰고, 무엇보다 땅과 밀착한 삶을 살던 사람들이었지요. 지배자들의 침탈에 영토를 내주고 먼 땅으로 쫓겨 가면서 유럽 이민자들은 미국이라는 국가를 만들었지만, 각기 문화와 역사가 다른 인종들이 모여서 만든 미국에서 막상 토착민들은 점점 죽어갔지요.

그런 북미 대륙의 원주민들을 부르는 명칭이 여러 가지인데, 미국에서는 '원주민 미국인들Native Americans' '미국 인디언들American Indians'이라 하고, 캐나다에서는 '첫 국가들First Nations' '원주민들Aboriginal Peoples' '토착민들Indigenous People'이라 하고, 영국식으로는 대개 '미국의 인디언American Indian'이라고 부른답니다. 미국 인디언들의 시나 인디언 영성을 소개할 때 저는 그냥 인디언이라고 부르는 편인데, 그 이유는 많은 인디언 작가들이 자신들의 절멸당한 역사에 대한 항거로, 미화된 다른 이름을 마뜩잖게 보기 때문이랍니다. "그냥 인디언으로 불러주세요Just call me Indian"이라고들 하는데, 정치적 이유로 포장된 이름이 아닌 과거의 이름이 자기 정체성에 더 가깝다는 인식이 있는 거지요. 저도 그 의견을 존중하고 싶어서 그냥 인디언이라고 부르는 편이에요.

두 번째 달의 이름들을 보면서 그 이름을 쓰며 그 땅에 살았을 사람들을 생각해봅니다.

'메마른 달'이란 이름을 붙인 아시니보인Assiniboine 족은 북미 대륙에서 어디쯤 살았을까, '더디게 가 는 달'이란 이름을 붙인 모호크Mohawk족의 시간 개념은 문명인이 느끼는 더딤과 어떻게 다르고 또 비슷할까. 2월은 가장 짧은 달인데, 왜 그리 길 게 느껴질까. 그 옛날 모호크족의 감각을 저도 느 낄 수 있어요. 긴 겨울 끝자락, 봄이 오기엔 아득 해 보이는 시간. 그러니 물리적인 시간과 마음으 로 느끼는 시간 사이에는 얼마나 큰 차이가 있는 지요.

좋아하는 게 참 많은 저는 특히 침대에 모로 누워 책을 읽는 것과 혼자 산책하는 걸 좋아 해요. 별거 아닌 시시하고 소소한 취미가 쌓인 피 로를 풀어주지요. 주로 집 뒷산을 한 바퀴 도는 데 책상에 붙어 사는 단조로운 일상에 큰 힘이 됩 니다.

어쩌면 2월은 '뼈'의 달인 것도 같아요. 궁핍한 나날에 사람이건 동물이건 뼈가 드러나도 록 말라가고, 어쨌든 살기 위해서 뼈를 곤 국물을 나누어 먹는 의식. 그 2월에도 숭어가 뛰놀고, 코 요테가 울고, 또 바람이 불고 새순이 돋네요.

2월의 여러 모습들을 생각하며, 지금

여기 우리는 이달에 어떤 이름을 지어줄 수 있을지 돌아봅니다. 이름들이 하나같이 참 재미있는데 '영동할매'란 말, 오랜만에 듣네요. 영동할매는 실은 '영등할매'를 이야기하는데, 영등靈登날이라 하는 음력 2월 1일에 영등할머니가 내려와 밥을 해 먹는다는 설이 있지요. 이날 비가 오면 풍년이 들고 바람이 불면 흉년이 든다고 해요. 꽃샘추위가 오는 계절의 성격을 잘 드러내는 말인데, 제게도 어느덧 낯선 말이 되었으니 다음 세대쯤에는 사라지지 않을까 싶어 이 말에 한참 머무르게 됩니다.

'한 달을 속절없이 보내고 나니 다짐하고 또 다짐하는 달'이란 이름을 붙여준 분은 1월에 '실패를 거듭해도 새로이 시작하는 달'이란 이름을 붙여주신 바로 그분이었어요. 작명에도 저마다 개성이 있는지 실처럼 연상의 고리를 쭉 따라가 이름을 붙이게 되네요. 인디언의 경우에도 어떤 부족은 손가락을 하나씩 꼽으며 달 이름을 만들었거든요. 1월의 매서운 한파가 지났다 생각했는데 영등할매가 내려와 비와 바람을 뿌려 더 춥게 느껴지는 달 2월, 그러나 누군가에게는 생일달이라 스스로 축하할 수 있는 달, 이런저런 분주함 속에 나보다 더 어려운 이웃을 생각하는 여유는 어디서 나오는 걸까요? 오래 추웠기 때문에 그런 살핌이 가능하지 않을까요? 추워보지 못한 이는 추위를, 어려워보지 못한 이는 어려움을 잘 모르니까요.

정성스러운 긴장

인디언들이 전투하러 나갈 때 완전한 복장을

갖추는 것은 전투를 더 잘하기 위해서가 아니다.

자신에게 언제 닥칠지 모르는 죽음을

대비하기 위한 것이다.

모든 인디언들은 위대한 정령을 만나러 갈 때 좋은

모습으로 떠나기를 소망한다.

그래서 평소에 몸을 다치거나 병에 걸렸을 때,

다급한 전투가 벌어졌을 때

언제나 제대로 복장을 갖추는 것이다.

—샤이엔Cheyenne족 '나무다리 존'의 말

아메리카 인디언들의 글은 대개 종족 중심으로 구전된 노랫말을 옮긴 것이라 실제 저자를 찾기 힘든 때가 많아요. 하지만 이 글은 존 우든레그스John Woodenlegs, 1909~1981라는 저자의 이름이 남아 있는 글입니다. '나무다리 존'이라니 어떤 이유로 부상당한 분일까요? 이분의 할아버지가 인디언 전쟁 때 조지 A. 장군과 맞서 싸워 '나무다리Wooden Leg'라는 이름을 얻었다 해요.

그 '나무다리' 할아버지의 손자 '나무다리 존John Woodenlegs'은 1955년부터 1968년까지 자기 종족의 부족장을 지내면서 작가이자 교육자로 활동했습니다. 높은 학식을 인정받아 북미 인디언으로서는 처음으로 몬태나대학University of Montana에서 명예졸업장을 받기도 했지만, 많은 인디언들이 그러했듯 그 또한 카우보이, 도로 건설 노동자 등 육체노동에 종사하며 고단한 떠돌이의 삶을 살았지요. 종족이 죽어가는 슬픈 역사 속에서 이런저런 직업을 전전했던 생존자의 목소리. 지금 여기 우리에게 어떤 이야기로 다가오나요?

복장을 갖춘다는 것. 얼핏 보면 별 대단할 것 없는 평범한 일입니다. 외출할 때, 누군가를 만나는 자리에, 우리는 복장을 잘 갖추어 입습니다. 자신을 잘 드러내 보이는 것은 중요한 사회적 활동의 하나이니까요. 하지만 아메리카 인디언들이 전투에 앞서 복장을 잘 갖추어 입는다는 것은 죽음의 준비라는 점에서 비장하고 특별합니다.

문명인의 삶에서는 차려입고 떠났다 돌아오는 것이 하루하루의 일인데, 떠나는 순간 특별히 더 정리를 할 때도 있지요. 매일 집을 나설 때 뒤돌아보며 여기 다시 올 수 있을까 잔망스런 생각을 하는 친구가 있어요. 저는 일상에서 좀 멀어지는 떠남, 가령 여행을 가거나 학회에 갈 때 그런 생각을 합니다. 그래서 청소를 시원하게 하고 잔고가 많지 않은 통장이나마 잘 보이는 식탁에 턱 올려두는데, 남편은 별이상한 걱정을 다 한다며 웃지요.

일상을 잠깐 벗어나는 데도 이런데 전투에 앞서 죽음을 준비하는 인디언의 채비에서는 차원이 다른 숙연함이 느껴집니다. 이 숙연함은 비극적 최후에 대한 예감이면서 마지막까지 최선을 다하겠다는 다짐에서 오는 것이지요. 죽음 이후 정령을 잘 만나려 단장한다는 말은 삶을 삶답게 하는 자세겠지요. 매일의 삶을 단정하게 잘 살아내라는 주문의 다른 표현은 매 순간 자신을 정화하는 의식이 아닐까요.

아우슈비츠의 생존자 프리모 레비는 매일 사람들이 떼로 죽어나가는 그 엄혹한 곳에서 살아남기 위해 단벌의 옷을 최대한 정성껏 차려입고 규칙적인 일상을 유지했다 해요. 떠날 때의 마지막 모습을 대비하여 잘 갖추어 입는 정성은 일상 속 하루하루를 잘 여미는 일과 그리 멀지 않습니다. 하루치의 정성스런 긴장이 하루를 살아야 할 이유와 버티는 힘을 줍니다. 모두가 바라는 행복이나 기쁨 또한 어디서 특별한 선물로 떨어지는 것이 아니라 그처럼 소소한 차비, 정성된 갖춤 안에서 새로 만들어지는 에너지가 아닐까 생각해봅니다.

전쟁을 앞두고 복장을 갖추는 일처럼 큰 의식이

아니더라도 우리에게는 하루치 몸과 마음을 깨끗하게 할 수 있는 매듭이 있으니, 그것도 고마운 일. 짧은 2월의 시간 앞에서 그런 생각을 해봅니다.

세상 끝의 내 얼굴

나는 땅의 끝까지 가보았네.

나는 물의 끝까지 가보았네.

나는 하늘 끝까지도 가보았네.

나는 산맥 끝까지도 가보았네.

하지만 내 친구 아닌 것은 하나도 없었네.

_나바호Navajo족의 노래

이번 2월은 좀 특별합니다. 이스라엘이라는 낯선 땅에 성지순례를 다녀왔거든요. '정화와 재생의 달'이란 이름에 가장 맞춤인 시간이었을까요? 아는 분들이 권해서 우연히 떠난 여행이었지요. 성경과 함께 먹거리 잔뜩 챙겨 떠난 곳. 여정은 기대보다 더 좋았고 많이 놀랐고 또 많이 울었습니다. 잘 울지 않는 저인데요.

성경에서 예수님이 기적을 행하셨다는 갈릴리 호수를 봐서 좋았고요. 그 호수에 부는 밤바람을 제대로 보고 맞았습니다. 그 밤의 여정. 잊지 못할 거예요. 끝도 없이 척박한 광야가 놀라웠습니다. 실제 인간이기보단 신화 속 인물로 느껴지는 모세. 그가 이런 땅을 40년간이나 배회했다니, 비현실적으로 느껴진 옛 역사를 실감해봤고 그 광야에도 사람이 사는 걸 확인했고요. 그들이 느꼈을 막막함을 다는 아니더라도 조금 눈으로라도 담고 와서, 그 기억을 끌어다놓으며 이 글을 씁니다.

문명의 씨앗이 발아했으나 세계에서 분쟁의 핵이 된 그 땅에는 지금도 철조망이 둘러쳐져 있습니다. 아직도 채 제거하지 못한 지뢰들을 조심하라는 문구가 새겨진 안내판이 있고, 총을 든 군인들이 거리를 오갑니다. 그 땅에서 저는 한반도를 생각했습니다. 그 땅에서 우리 땅의 사람들과 똑같은 일상의 피로를 이고 사는 보통 사람들의 표정을 살폈습니다. 길을 걷다 담벼락 너머로 가지런히 빨아 널어놓은 옷가지를 보며 그 집의 살림과 식구들을 짐작해보았습니다.

그 땅에서 이상하게 나바호족의 노래가 생각났어요. 땅의 끝, 물의 끝, 하늘 끝, 산들의 끝을 가보았다는 인디언. 얼마나 광활한 땅에 살았기에 저런 노래가 가능했을까요? 아니다 다를까, 나바호 인디언은 미 대륙 남서부에 흩어져 살고 있는 원주민 부족으로 570여 개에 달하는 미국 원주민 부족 중에 자치국 면적으로는 1위, 인구로는 체로키족에 이어 두 번째로 큰 부족이랍니다. 지금은 미 연방정부가 정

50

해놓은 애리조나주 인디언 보호 구역에 거주하고 있고요. 육이오전쟁에도 800명의 나바호족 전사가 참전했다 하니 우리와도 특별한 관계가 있네요. 나바호 언어는 바깥 세계에 잘 알려져 있지 않아서 제2차 세계대전 때 나바호 사람들이 미군의 암호병, 통신병으로도 활약을 했다고 해요.

　　'나바호'라는 단어는 푸에블로 인디언의 언어로 '들판field'이라는 뜻인데, 미 대륙에서 그토록 넓은 영토를 차지하고 살았던 유목민의 기상이 바로 이 노래에서도 느껴집니다. '넓은 들판에 사는 인디언'이란 의미로 스페인 이주자들이 부르기 시작한 이름이 그렇게 굳어졌다 해요. 우리가 잘 모르는 역사가 있는데, 미국에서 흑인 노예를 해방시킨 링컨이 바로 나바호족이 살던 땅에서 그들을 보호 구역으로 몰아낸 인물이라 합니다. 그래서 인디언들은 링컨을 '학살자'라고 부른다고 해요.

　　땅의 끝, 물의 끝, 하늘의 끝, 산들의 끝을 다 돌아다니며 고단했을 길에서 이 세상 만물이 모두 친구임을 깨달은 나바호족의 노래는 지금 세계에서 우리가 경험하는 편리한 여정과는 차원이 다르면서 또 통하는 이야기입니다. 그 고단함의 정도는 비할 수가 없겠지만, 여행은 우리가 처음 만나는 이들과 같은 사람이라는 것을 일깨워줍니다.

　　먼 낯선 땅에서 확인하는 일상의 반복. 사람이 사는 이야기. 이 세상 어디에나 내가 그토록 애써 탈출한 일상,

그 지리멸렬하게 부대끼던 내 일상과 똑같은 살림살이, 사람 살이가 있다는 것. 내가 떠나온 얼굴과 다를 바 없는 얼굴들이 거리를 차지하고, 내가 떠나온 땅과 다를 바 없는 땅, 같은 공기와 하늘이 있다는 것. 나, 그들, 우리는 모두 제자리걸음의 번민과 기쁨을 끌어안고 살아간다는 것.

　　　세상 끝, 낯선 곳, 낯선 얼굴들 속에서 낯익은 나를 만나고 돌아오는 길. 그 만남 속에 제 안에 오래 고여 있던 것들을 털어냈습니다. 마음 찌꺼기와 함께 녹슨 버릇들도 비우고 또 닦았습니다. 돌아온 이 땅에서 다시 맞는 하루치의 고단과 피로는 그 먼 옛날 나바호족이 불렀던 노래 속에서 사라집니다. 모세는 땅의 끝에서 기다림을 통해 구원을 보았다는데, 땅의 끝이 어디인지 모를 문명의 하루 속에서 나는 무얼 보는지 '작고 힘든 얼굴의 달' 2월에 물어봅니다.

앎, 움직이는 힘

더 많이 알수록
너는 더 신뢰하게 되고
덜 두려워하게 될 것이다.

—오지브와Ojibwa족의 말

늘 무언가를 알고 싶어요. 모르면 뒤처지는 것 같고요. 앎이 힘이 되지요. 당신의 마음도 알고 싶고요. 앎은 갈급이고 갈증이고 갈망이고 또 의무입니다. "더 많이 알수록, 모른다는 사실을 더 알게 된다"고 말한 이는 아리스토텔레스였는데, 아리스토텔레스가 앎을 자기 인식의 방식으로 이야기했다면 아메리카 인디언들은 앎을 타인과의 관계를 변화시키는 에너지이자 흐름으로 보았습니다.

오지브와족은, 오지브웨Ojibway족이라고도 하는데 나바호족, 체로키족에 이어 북미 대륙에서 세 번째로 넓은 지역을 차지하며 살던 부족입니다. 인구수로는 크리크Creek

족에 이어서 네 번째라고 하고요. 미국의 미시건주, 위스콘신주, 몬태나주, 캐나다의 온타리오주에 넓게 퍼져서 대략 32만 명 정도(2010년 인구조사 기준) 산다고 해요. 지금은 더 줄었겠지요. '오지브와'는 '주름을 댄 모카신'의 의미이고, 자신들은 '아니시나베 Anishinaabe' 즉 '야생의 사람들'이란 이름으로 불렀다고 합니다.

인디언 부족들 이름은 좀 복잡합니다. 하나의 부족에 스스로 부르는 이름이 있고, 이쪽저쪽에서 불러주는 이름이 있어요. 경험을 상대화하면 다른 이름이 생기지요. 문득 궁금해집니다. 이런 식으로 이름을 지으면 남들은 '정은귀'라는 이름 대신 저를 뭐라고 불러줄까요. 은혜 은恩, 거북귀龜를 따라 '은혜로운 거북'이라 할까요? 잘 웃는 사람이라 할까요, 남들은 저의 어떤 면을 보아줄까요? 각자 처한 위치와 관계에 따라 다르겠지요?

안다는 것은 무엇일까요? 대상을 더 안다는 건 좋은 걸까요, 나쁜 걸까요? '그건 내가 잘 알아. 그 사람은 내가 잘 알아. 그 일은 내가 잘 알아.' 이런 말들이 우리를 안심하게 하기도 하지만 다른 한편 얼마나 폭력적인 함의를 띠기 쉬운가, 인디언들의 말을 비틀어서 딴지도 걸어봅니다. 안다는 건 무얼 안다는 걸까요? 그의 마음을 안다는 걸까요? 그의 자리와 직위, 재산의 규모를 안다는 걸까요? 그가 무얼 좋아하는지, 그가 어딜 바라보는지를 안다는 걸까요?

시를 공부한 저는 매 학기 첫 시간에 '시는 내게 수수께끼다'라는 말을 자주 합니다. 시를 오래 공부했다 해서 잘 안다고 말할 수 있을까, 잘 읽는 눈은 어떤 것일까, 질문하는 거지요. 잘 안다는 것은 어느 정도의 앎일까, 그 앎은 한번 얻으면 사라지지 않는 걸까, 대상의 한쪽 면만 보며 그걸 전부라고 여기고 있는 건 아닐까.

앎은 고정된 것도 아닙니다. 내가 아는 게 언제든지 바뀔 수 있다는 거죠. 좋은 쪽으로든 나쁜 쪽으로든. 당혹스럽게도 내가 알던 사람이 갑자기 잘 모르겠는 사람이 되는 일, 내가 알고 있다고 여겼던 세상이 낯선 곳으로 둔갑하게 되는 일, 그럴 때 우리는 허방을 딛는 경험을 합니다. '저 사람이 내가 알던 사람인가?' 하는 반문은 실망이나 서운함과 쉽게 연결됩니다. 미지의 존재에 대한 궁금증이나 호기심이라면 기쁘겠지만 익숙한 존재에 대한 반문은 때로 배신감이나 당혹감으로 이어집니다.

이런 현대인의 복잡한 마음과 달리, 인디언은 앎의 속성을 관계 안에서 에너지로 파악했고 앎을 통한 안정감과 신뢰에 편안히 기대었던 것 같아요. 그건 어쩌면 자연 세계와 인간의 관계이기도 하겠지요.

그러나 저는 여전히 딴지를 부려봅니다. 안다는 것은 모른다는 걸 전제로 하는 일. 그러니 익숙한 것들과 낯설게 다시 만나야 한다고. 우리 자신과도 마찬가지로. 내가 알던 세상, 내가 알고 있는 나를 다르게 들여다보는 연습. 더 질문하는 일.

'넌 왜 그리 복잡해? 그냥 믿어.'

오지브와 인디언이 제게 뭐라 하는 것 같아요. 이런 대면 또한 곤혹스런 2월 하루와 잘 어울립니다. '더디게 가는 달'이 훌쩍 지나고 있습니다.

'나'는 오늘 어떤 내가
되어가는가

너 자신을 알고,

너 자신이 되는 법을 배워라.

너 자신과 가장 가까운 친구가 되는 법을

배워야 한다.

—체로키Cherokee족의 말

집 뒤 산길을 오래 걷다 돌아왔습니다. 걷는 일은 쉽고도 어렵습니다. 건강한 두 다리가 있으면 누구나 할 수 있는데, 빨리 걷다 그만 넘어져 무릎이 깨졌습니다. 생각에 몰두하면서 엇박자가 났나봅니다. 산길을 걸으며 길을 보지 않고 어지러운 마음 길 헤맸나봅니다. "너 가끔 바보 같아." 친구와 어떤 문제를 얘기하다 툭 날아온 말. 자신의 마음을 몰라준다는 뜻일까, 서운하다는 얘길까, 이 말에 숨은 결을 헤아리다 삐끗했네요.

누구나 이런 일 있을 거예요. 바보 같건, 이해를

다 못 해 답답하건 그게 나인데, 지금 이 순간의 나는 거기까지가 한계인데, 그 모자람까지 다 나인데……. '그렇다고. 그래.' 그 말을 못 해 헤매 다녔네요. 순순히 인정 못 하면 뻗댈걸 그랬어요. 그랬으면 이도저도 못 하고 마음 길 헤매다 넘어지는 일은 없었을 건데, 산길 두 눈 환히 뜨고 걸었을 텐데. 괜히 억울해하다 생각합니다. 누구나 자기를 아는 게 어렵다고. 잘 안다 생각하는 자신에게 속아 넘어가기도 한다고.

아메리카 인디언 중에 체로키족은 문명화된 부족으로 유명합니다. 자기들만의 고유한 문자를 가졌고, 미시시피강 유역의 넓은 땅을 차지하고 살았지요. 영국의 식민지 지배 과정에서 백인 문화를 대폭 수용했기에 백인들의 미국과 접점이 넓은 부족이었어요. 미국이 원주민 교육 시범 사례로 1769년 다트머스대학을 설립한 것도 그런 이유지요.

체로키 인디언의 앎에 대한 말은 '너 자신을 알라'라는 소크라테스의 말보다 더 심오합니다. 너 자신을 알고 너 자신이 '되는' 법을 배우라니, 이 말은 우린 아직 자신이 되지 못했다는 말. 그러니 무언가가 되는 법을 배우라는 미래형의 당부입니다. 너 자신을 알라는 말이 정체성을 상정하는 말이라면, 너 자신이 되는 법을 배우라는 말은 지향입니다. 인간은 어쩌면 인간이 되어가는 존재, 너와 나는 또 우리는 각각 자신이, 우리가 되어가는 존재. 그 되어감이라는 진행형의 일. 영어로는 'being'이면서 'becoming'인 이 존재의 신비를 잘 알 때, 우리는 자신과 가장 가까운 친구가 될 수 있지 않을까 싶어요.

　　나를 아는 일과 나 자신이 되는 일, 나 자신과 가장 가까운 친구가 되는 일, 이 모두는 조금씩 다른 지향점인데 마침내 하나로 모아집니다. 나 자신, 너 자신, 우리 각자 단독자로서 정체를 품고 향해 가는 지향. 나는 오늘 어떤 내가 되어가고 있나요? 나는 오늘 나라는 친구에게 친절하게 대했나요? 나라는 친구를 혹시 너무 홀대하고 미워하지는 않았는지요? 나라는 친구에게 혹시 너무 큰 기대를 품지는 않았는지요? 그래서 실망하여 화내고 내치지는 않았는지요? 보듬어달라고 속울음 우는 자신을 돌아보지 않고요.

　　가장 잘 안다고 생각하는 나는 실은 가장 알 수 없는 존재입니다. 나를 제대로 알고 사랑하는 일은 실은 가장 어려운 일입니다. 코로나19로 고립된 생활이 길어지면서 홀로 있으면서도 나를 알고 나를 품는 일을 놓치는 우리. 온라인 세상이나 소셜네트워크를 통해 밖으로만 눈을 돌리는 우리. 미완의 나를 지속적으로 만들어가려면 내 안의 아프고 힘든 나를 응시하며 다독거릴 시간이 필요합니다.

　　그 과정에서 강에 얼음에 풀리듯, 우리 마음에 얼어붙은 감정의 골, 해결되지 않은 응어리도 풀리지 않을까요. 그러다보면 머잖아 어디선가 얼어붙은 마음밭에 새순이 돋지 않을까요. 글을 쓰다보니 우리의 2월은 얼마나 많은 다양성과 가능성을 한 번에 품은 달인지, 이 짧은 달이, 이 메마르고 서럽고 고독한 달이, 조금은 더 사랑스러워집니다.

"딸기 따러 가자"

"어디로 가야 할지 모를 것 같으면,
 넌 무얼 할 거니?"
"그럼 딸기 따러 가는 거야."
"우리 딸기 따러 가자."

─모호크Mohawk족 인디언 할머니의 말

재미있는 책을 읽고 있습니다. 아메리카 인디언 후손들 중에 여성들의 가계를 추적하고 그들의 말을 기록한 책입니다. 위로는 할머니의 할머니의 할머니로부터 이어지는, 아래로는 어머니를 거쳐 내 딸의 딸의 딸로 이어지는 이야기. '절멸'이라는 무섭고 끔찍한 말로 역사가 쉽게 규정되는 아메리카 인디언들이 어디선가 아직도 숨을 쉬며 활달하게 오늘을 살아가고 있다는 이야기, 그 기록. 여성들의 말과 생활 습관을 통해서 그들이 오늘날 어떤 삶을 살아가는지 생생하게 전해집니다.

가령 이런 거지요. "여성들도 독립적이어야 해."
인디언 보호 구역 안에서 사는 여성들도 자동차 타이어 가는
법, 엔진오일 가는 법을 알아야 한다는 것. 남자들이 일을 구
하러 여러 달 나가 있는 때가 있기에, 또 그런 남자들이 영영
돌아오지 않는 경우도 있기에, 여성들이 어떻게든 그 빈자리
를 채우며 아이를 키우고 일상을 이어가야 한다고요.

남자가 떠난 집에서 아이를 기르는 여인을 생각해
봅니다. 혼자서는 도저히 할 수 없는 일. 공동체의 모든 사람
들이 이 아이를 함께 키웁니다. 인디언 말에는 고모나 숙모,
이모부, 삼촌 등을 따로 부르지 않고 다 엄마 아버지로만 부
른다는데, 바로 그런 이유 때문이라네요.

삼대가 함께 사는 모호크 인디언. 할머니는 영어
를 모른다 합니다. 엄마가 인디언 동화정책으로 영어를 배운
첫 세대라고 하니까요. 그러면 할머니는 문맹illiterate인가요?
손녀는 누가 할머니더러 문맹이라 한다면 그를 불로 태워버
릴 거라 하네요. "영어 단어 illiterate는 너무 화나는 말이야.
우리 할머니는 문맹이 아니고 박사보다 더 똑똑하다고요."
손녀가 항변합니다.

할머니는 종종 뭔가 길이 보이지 않을 때, 길을 잃
은 것 같을 때, 낙심하고 주저앉지 않고 아이들을 일찍 재우
고는 양동이 하나 챙긴다고 해요. 다음 날 새벽 다섯 시 반,
온 식구를 깨워서 말씀하신다고 해요. "딸기 따러 가자"고.

"딸기 따러 가자." 그 마법의 말에 모두 새로운 하루를 열고 새로운 길을 찾는 거지요. 제게 있어 그런 마법의 말이 뭘까 곰곰 생각해봅니다.

"딸기 따러 가자." 낙심과 우울과 절망을 떨치고 벌떡 일어나게 하는 말. 어려운 시절일수록, 앞이 보이지 않을수록, 무엇이든 '한다'는 것은 그 자체로 구원입니다. 오늘 저도 저의 딸기를 따러 갈까 합니다. 오늘 저의 딸기는 실은 흠…… 글입니다.

세 번째 달의 말

○　무스(말코손바닥사슴)
　　사냥하는 달
딱딱한 눈의 달
한결같은 것은 아무것도
　없는 달
버펄로(들소)가 새끼 낳는 달
강풍이 죽은 나뭇가지를
　쓸어간 땅에서 새순 돋을
　준비하는 달
얼굴이 지저분해지는 달
거위가 꽥꽥대는 달
속삭이는 바람의 달
눈이 짓무르는 달
훨씬 더디게 가는 달
어린 봄의 달
작은 모래바람 부는 달
아름다운 달

아이들이 학교에서 새 친구
　사귀는 달
다시 시작해야 될 것만
　같은 달
생명이 움트는 달
손수건 이름표 처음 다는 달
연둣빛 싹이 나오기
　시작하는 달
마음속 온도가 궁금한 달
(눈 속에 복수초가 피는
　모습을 보며) 땅속 온도가
　궁금한 달
냉이 나물 향기로운 달

세 번째 달. 3이란 숫자는 얼마나 아름다운지요. 3월을 앞에 두고 한 친구에게 메시지를 받았습니다. 졸업하고 새로 시작하는 아이에게 해줄 말을 고른다 했습니다. 친구가 고른 말은, 아이의 이름으로 돌아가라는 말이었지요. 한자어를 풀어서 생각하면 '지혜의 뿌리'라는 이름을 가진 아이에게 그 이름 그대로, 아름다운 삶을 살라는 부모의 당부. 가장 감동적인 부분은 '무엇을 상상하든 창조하고, 어디든 원하는 곳에서 살고, 만나는 모든 이를 축복하여라'라는 구절이었어요. 만나는 이를 축복하라는 염원을 아이에게 줄 수 있는 아버지는 축복받은 사람입니다. 남을 축복하는 일, 그것은 질시와 경쟁심이 없는 오롯한 사랑이고 너그러움이니까요. 친구도, 친구의 아이도 참 멋져 보였던 어느 오후였습니다.

새로 시작하는 아이에게 그런 축원을 할 수 있는 어른으로 살면 얼마나 좋을까요. 세 번째 달은 우리 기준으로는 학기가 시작하는 새로운 달이기도 합니다. 그래서 지금 여기의 우리들은 세 번째 달에 이토록 다양한 이름을 붙입니다. '다시 시작해야 될 것만 같은 달'이란 이름에는 이미 시작된 새해의 여러 나날을 쉽게 흘려보낸 후에

66

다시 채비를 하는 마음이 읽힙니다.

　　한 수강생이 지은 '땅속 온도가 궁금한 달'은 정말로 참신한 3월의 이름입니다. 2월에서 3월로 넘어가는 시기에 눈 속에서 복수초가 피는데, 복수초 자체에 열이 있어서 찬 땅에서 꽃을 피울 수 있는지 궁금하다고 하셨거든요. 또 냉이 나물 향기로 그달의 이름을 지으니 오늘 저녁에는 저도 냉이 나물로 뭔가 근사한 요리라도 해야 할 것 같은 생각이 들고요. 눈 속의 온도만큼이나 마음속 온도가 궁금해지는 시기. 아메리카 인디언들에게도 세 번째 달은 크고 작은 움직임이 생기는 달입니다.

　　'무스 사냥하는 달'이라니, 반가워요. 무스는 실제로 뉴욕 북부에서 캐나다 국경을 건너다 본 적이 있고요. 버펄로는 제가 공부한 도시 이름과 같아서 더 정겹고요. '딱딱한 눈의 달' 이런 이름은 겨울 끝자락, 겨우내 내린 눈이 땅바닥에 박히듯 굳은 풍경을 눈여겨보지 않은 이들은 잘 상상하지 못할 것 같습니다. 대기오염이 심각한 오늘날, 겨울 끝자락에 만나는 그 딱딱한 눈 표면에는 새까만 먼지가 앉아 있기도 합니다.

　　거위가 울고, 바람이 속삭이는 봄. 모호

크족은 2월을 '더디게 가는 달'이라고 부르더니, 3월은 '훨씬 더디게 가는 달'이라고 하니, 봄으로 가는 여정은 쉽지 않나봅니다. 그 기다림이 여기까지 전해지는 것 같아요.

'어린 봄'이 오고 있습니다. 하루가 조금씩 길어지고 잎은 터지는데, 작은 모래바람도 붑니다. 이 세계는 그렇게 다양한 얼굴로 우리를 반깁니다. 좋기만 한 것은 없고 나쁘기만 한 것도 없습니다. 강풍에 잎 떨구고 죽은 듯 보이던 나뭇가지에서 새순이 다시 돋으니까요. 바람이 속삭이며 대지를 깨우는 이 계절은 변화와 변덕이 잦습니다. 매일 변하는 계절이지만 어제도 오늘처럼 여여如如하기를 바라봅니다.

제게 3월은 '불'의 달이자 '바람'의 달입니다. 여러 해 전, 3월의 사나운 바람 속에서 어느 중학생이 남긴 불씨가 산을 태우고 마을을 태우고 도시를 태운 큰 사건이 있었어요. 그 화재로 저희 부모님이 깃든 집 또한 화르르 날아갔습니다. 거실에 누우면 넓은 통창으로 햇살이 잘 들던 집. 창 너머 마당가, 늙은 무화과나무에 가지가 부러질 듯 무화과가 탐스럽게 열리던 집. 그 집을 잃었습니다. 동생이 아끼던 앨범도 불에 탔고요. 엄마는 김치냉장고 속 김장 김치와 아끼던 제기들을 아쉬워하셨습니다. 그래도 그 충격 뒤에 다시 부모님은 새 살림을 꾸리셨고, 저는 부모님께 예쁜 꽃그림이 그려진 그릇 세트를 장만해드렸습니다.

그래서 3월에는 바람이 불지 않기를 기도합니다. 저만의 이름을 지어 3월을 '한결같기를 바라보는 달'로 불러봅니다. 봄날 따뜻해진 날씨를 즐기며 산길을 신나게 걷다가 응달 그늘진 곳에서 하얀 운동화에 진흙을 잔뜩 묻힐 때 뜻밖의 난처함 같은 달. 연한 봄바람이 갑자기 불씨 품은 사나운 바람이 되어 속수무책으로 우릴 흔드는 달. 어떤 바람, 어떤 변화, 어떤 술렁거림에도 너무 흔들리지 않기를 바라는 달. 이 바람들을 잘 다독여 지나길 바라봅니다.

사랑, 그 사랑

덜 요구하고 더 이해하는 것

비난은 느리고 용서는 빠른 것

있는 그대로를 존중하는 것

자기 마음을 알아주길 바라지 않는 것

불평을 떠벌리지 않는 것

진실한 마음으로 말하는 것

의심을 멈추는 것

매일 새로운 모습을 발견하는 것

사랑받고 싶다고 말하는 것

지금이 마지막 기회임을 아는 것

_주니Zuni족의 말

가장 어렵고 가장 쉬운 일, 사랑에 대해 생각해보는 새벽입니다. 그 고민은 누군가의 질문에서 시작되었습니다. 「고린토인들에게 보낸 첫째 편지」 13장에 사랑에 대한 유명한 정의가 나오는데, 거기서 '오래 참음'이 왜 제일 먼저 나오느냐고 누가 따지듯 물었습니다. 천진하고 솔직한 질문에 그 구절을 짚어가며 읽었습니다. "사랑은 오래 참습니다. 사랑은 친절합니다. 사랑은 시기하지 않습니다. 사랑은 자랑하지 않습니다. 사랑은 교만하지 않습니다." 사랑을 지키기 위해서는 아마도 인내가 가장 중요한 덕목이어서 그런 것 아닐까, 그런데 그 인내는 혹, 한쪽이 일방적으로 감내해야 하는 희생은 아닐까. 관계에서도 일에서도 인내와 희생 사이의 균형은 정말이지 쉽지 않은 경지니까.

성경에서 말하는 사랑의 방식은 사랑을 실천하는 윤리를 말하는것 같습니다. 이기적이지 않은 사랑, 성내지 않는 사랑. 인내하는 사랑의 힘. 일상에서 늘 부대끼는 우리는 이 덕목 하나하나가 얼마나 지키기 어려운지 잘 압니다. 그럼에도 사랑은 없어지지 않는다는 말이 참 미덥습니다. 저마다 자랑하는 예언이나 방언, 지식도 궁극에는 사라지겠지만 사랑만은 남는다는 말.

아메리카 인디언 주니족의 사랑법 또한 성경 말씀의 사랑과 크게 다르지 않습니다. 덜 요구하고 더 이해하고 비난하기보다 이해하는 것. 의심의 눈을 버리고 있는 그대로 보는 것. 사랑에 대한 여러 당부 중에 가장 마지막 두 항목이 마음에 깊이 남습니다. 사랑받고 싶다고 말하는 것. 지금이 마지막 기회임을 아는 것.

표현하지 않아도 우리는 상대방이 사랑을 알아주

기를 바랍니다. 서운함이 커지고 오해가 깊어지는 것도 대개
는 알겠거니…… 짐작해서 그렇지요. 마지막임을 아는 것은
모든 관계에서 가장 중요한 지혜가 아닐까 싶습니다. 마지
막이라고 생각하면 하지 못할 용서도 없고 풀지 못할 오해도
없는데, 실은 정말로 마지막이 닥쳤는데도, 마지막임을 알
지 못하는 우리지요. 이별은 늘 예고 없이 오고요. 헤어지는
줄도 모르고 헤어지고요.

　　　사랑에 울던 날이나 사랑을 기다리던 날이나 사랑
이라는 이름으로 매섭게 관계를 잘라버리던 날이나, 사랑에
대해 예전보다는 덜 복잡해진 이즈음에도, 사랑은 참 어렵
습니다. 흔한 통속적인 감정놀음도 사랑이고, 말 한마디 없
이 깊고 뭉근한 살핌도 사랑입니다. 평생 사랑한다 말 한 번
하지 않고도 단단히 결속된 우리 부모님 같은 분들의 사랑도
있고, 사랑한다는 말 때문에 다투고 싸우는 젊은이들의 불안
한 사랑도 있습니다. 쉬우면서 어려운 일, 절대 쥘 수도 없고
거스를 수도 없는 것, 하면서도 잊는 것, 돌아서서 하는 것,
사랑입니다.

　　　왜 나를 사랑하지 않느냐고 떼쓰듯 물어보던 날을
지나왔습니다. 지금 이 마음이 성숙도 아니고 통찰도 아니고
그저 말라버린 마음, 그 무미건조함을 성숙으로 포장하고 사
는 건 아닌지 궁금합니다. 여전히 사랑은 일상 속에서 만나
는 모든 관계의 처음이자 끝, 가장 어려운 일입니다. 말하고

표현하고 보여주고 또 요청하고 풀고 참아내는 그 모든 행위에 개입하는 사랑이라는 감정. 느낌, 사유, 시선, 그리고 무엇보다 사랑이라는 행위. 서로를 발견하는 눈뜸, 미지로의 확장 또한 사랑입니다.

　　　꽃들이 다투듯 피어나는 새봄. 해마다 돌아오는 봄인데, 어째 매해 더 새롭습니다. 익숙한 당신의 얼굴을 처음 보듯 찬찬히 들여다봅니다.

하나를 돕는 고리

모두가 다른 이를 위해 뭔가를 한다면
이 세상에 힘든 이는 하나도 없을 것이다.
그저 누군가를 도와주라.
지금은 아니더라도
사람들이 언젠가는 알게 될 것이다.

_투스카로라Tuscarora족의 말

'전 주민 자가 격리 명령'이 떨어진 해외에서 머문
지 이틀째 되던 날이었습니다. 미리 잘 대비된 재난은 없나
봅니다. 중국과 한국, 유럽이 차례로 어마어마한 위기에 몰
리는 상황을 뉴스로 보면서도 제가 있던 미국은 그럭저럭 괜
찮을 줄 알았습니다.

"한국의 가족들은 안전하니? 어때? 한국이 이 위
기를 잘 이겨냈으면 좋겠어." 이런 안부 인사를 주변에서 들
을 때도 한국이 걱정이었는데, 이젠 제가 머무는 큰 나라가

엄청난 혼란 속에 있습니다. "우리도 한국만큼 잘하면 좋을 텐데 그렇지 못한 것 같아 큰일이야"라는 현지인들의 솔직한 걱정을 들으니, 어째 큰 나라가 되레 작아진 것 같습니다. 그 와중에 꿋꿋하게 마스크를 쓰지 않고 돌아다니는 사람들. 어지러운 방역 대책. 저는 손수건으로 임시 마스크를 만들었습니다.

지역 감염이 심해졌고 크루즈선에서 감염된 사람들이 내리지도 못하고 별 대책 없이 여러 날 갇혀 있었다는 소문을 들었고요. 중앙정부나 주정부에서 그 위기를 심각하게 인지하고 있다는 뉴스가 나올 때부터 사재기가 시작되었어요. 제가 마트에 달려갔을 때는 이미 휴지와 생필품들이 다 떨어져서 진열대가 텅 비어 있었습니다. 마스크와 손 세정제는 이미 몇 달 전부터 지역 가게에선 공급이 잘 안되고 있었고요. 이 와중에 총알과 탄약이 많이 팔리던 것은 이 나라에서 아무도 자신을 지켜줄 수 없다는 위기감 때문일까요?

낯선 곳에서 재난을 통과하면서, 세상이 어려울 때 그 사회의 명암이 제대로 드러난다는 걸 실감했습니다. 전 세계를 집어삼킨 재난 속에서 정부의 통제와 개인의 자율권을 둘러싼 논의와 대립도 무성합니다. 몰려드는 환자로 병원이 마비되다시피 한 미국 뉴욕에서는 어느 젊은 교사 부부가 응접실과 안방에서 따로 앓다가 남편이 숨을 거두는 일도 있었고요. 목숨과 생계의 위협을 받으며 각자도생의 두려움 속에 전 세계가 떨고 있습니다. 길을 걷다가 동네 주민들이 즐겨 찾던 레스토랑에 불이 꺼져 있기에 안을 들여다보니, 탁자에 의자가 다 올려진 채 주인 혼자 우두커니 앉아 있습니다. 졸지에 손님을 잃은 자영업자들의 눈물과 고통은 또 어떻게 어루만질 수 있을까요.

갇혀 있는 저 또한 하릴없이 기도와 걷기만 열심히 했습니다. 쌀이 뚝 떨어진 마트에서 쌀 대신 국수 한 봉지, 스파게티 두 봉지만 샀습니다. 그마저 진열대 위에 남은 분량이 몇 개 없습니다. 다 쓸어 오려다 뒤에 올 이들을 위해 남겨두는 양심을 지켰는데, 집에는 세제도 떨어지고 휴지도 간당간당하고, 저와 수다 떨기를 즐겼던 집주인은 이제 얼굴도 마주하지 않으려 합니다. 애써 침착 유지. 국수를 삶아 간단히 점심을 때우는데 전화가 왔습니다. 버클리대학에 오래전부터 계셨던 원로 교수님이십니다.

양념에 재워놓은 고기가 많다며 가져다주신다고요. 제가 굶고 있을까봐 걱정이 되셨나봅니다. 낯선 땅에서 이렇게 챙겨주는 분이 계시니 또 천사를 만난 것만 같아요. 우리는 쇼핑몰 주차장에서 만나 선 채로 한참 이야기를 나눕니다.

"어떻게 될까요?"

"글쎄요."

양념한 고기가 담긴 묵직한 찬통을 여럿 받은 저는 조촐한 살림에 드릴 게 없어 몇 개 안 남은 K-94 마스크를 드렸습니다. 임시 천 마스크를 쓰던 미국에서 한국의 뽀얀 K-94 마스크는 마스크계의 롤스로이스로 통하니까요.

이 재난을 잘 통과하자며 걱정스런 안부를 뒤로하고 헤어져 돌아오는 길. '그저 누군가를 도와주라'는 인디언의 말을 떠올립니다. 재난 앞에서 나 아닌 누군가를 챙기는 일은 자기를 내어주는 일입니다. 큰 선물을 받았습니다. 모두가 다른 이를 위해 뭔가를 하는 것. 나의 행위가 바로 돌아오지 않더라도 하나를 돕는 고리는 다른 고리를 만듭니다.

이 말을 한 '투스카로라'족은 미 대륙에 있던 이로쿼이 연맹의 여섯 개 부족 중 하나로, 노스캐롤라이나 지역에서 버지니아, 뉴욕에 이르는 지역에서 살았다고 해요. 부족의 이름은 '삼을 채집하는 사람들'이란 뜻이라네요.

이 재난은 얼마나 오래갈까요? 이 무시무시한 재난이 지나면 지금까지 인간이 저지른 오만을 반성하고, 함께 잘 살아가는 사회를 만들 수 있을까요? 문명 앞에서 스러진 아메리카 인디언들의 공생의 지혜가 더 간절한 이즈음입니다.

13년 만의 안식년에 이런 이상한 복병을 만나 당혹과 두려움이 컸던 저도 애써 마음을 쓰다듬고 달래봅니다. 오래 일하며 피로감이 쌓일 대로 쌓여 있던 차에 이 당혹스런 재난과 고립을 고요한 휴식으로 바꾸어볼까 합니다. 불과 얼마 전에도 샌프란시스코 시내에서 제자를 만나 맛난 브런치를 즐겼는데, 조만간 남편이 입국하여 그랜드캐니언에 가기로 했는데, 계획은 무기한 연기되고 저는 저만의 오두막에 갇힙니다. 사방에 잎이 푸르게 터지고 노란 꽃 붉은 꽃이 만발합니다. 이 화려한 봄날의 꽃 잔치 앞에 바람 불고, 마음에도 정체 모를 바람이 일고 있습니다. 일렁임을 잠재우며 혼잣말합니다.

'역시나 그냥 넘어가지 않는 봄, 너, 3월이구나.'

세 번째
달의 말

인간이 되어가는 시간

당신들은 계절의 변화도 하늘의 변화도
응시하지 않는다.
당신들은 늘 생각에 이끌려 다니고, 남는 시간에는
더 많은 재미를 찾아 자신을 돌아보지 않는다.
자기를 돌아보는 침묵의 시간이 없다면
어찌 인간의 삶이라 할 수 있는가?

　─쇼니Shawnee족 전사 '푸른 윗도리'의 말

　계절의 변화를 느끼지 못하는 사람은 우울증에 걸
릴 확률이 높고 반면에 계절의 변화를 먼저 느끼는 사람은
우울증에 걸릴 확률이 낮다고 해요. 언젠가 친구에게 "얘,
나 너무 우울하고 힘들어." 하소연하던 날, 친구가 화르르
깔깔 웃으며 들려준 얘기예요. "은귀야, 넌 우울증 아니야.
네가 우울증이면 내가 손에 장을 지지겠어. 맨날 오늘 하늘
좀 봐, 하늘색이 어떻니, 숲의 색깔이, 초록빛 농도가 어떻니
하는 애가 무슨 우울증이야" 하면서요. 그때 그 말에 힘이 났

던가요? 우울증 타령이 좀 머쓱해서 그냥 웃어넘겼던가요?

계절의 변화에 민감한 제 안에는 아무래도 아메리카 인디언 전사의 피가 흐르나봅니다. 쇼니족 부족장 '푸른 윗도리 Blue Jacket, 1743~1810'의 말을 보세요. '푸른 윗도리'라니 얼마나 근사한 이름인지. '푸른 윗도리'는 자신들을 절멸로 이끈 문명인들의 삶에는 확실한 게 아무것도 없다고 하면서, "바람에 흩날리는 나뭇잎들을 쫓듯이 부와 권력을 따라다니는" 미욱한 인간들에게 따끔하게 말합니다. 인간들이 좇는 부와 권력은 "손에 움켜쥐는 순간 부서지는 것"이고 그래서 인간들은 늘 불안하다는 것, 그 모습은 마치 길 잃은 코요테가 이리저리 헤매고 다니는 것만 같다고요. 하늘을 올려다보고, 나무를 보고 또 나를 들여다보는 일. 자연의 변화를 바라보는 시선을 통해 나와 나를 둘러싼 세계를 가늠할 수 있고, 그 안에서 나를 다시 찾게 되겠지요.

다시 봄이 왔습니다. '자가 격리령'이 떨어진 미국에서 불안한 봄을 보내던 시간이 어제 같은데, 이제 저는 익숙한 동네 뒷산을 걷습니다. 여전히 세계는 팬데믹으로 닫혀 있고요. 푹 쉬고 다시 돌아온 이곳에서 저는 온라인 화면 너머로 학생들을 대하고 시를 읽고 옮기며 하루를 부지런히 보내는 중입니다. 가끔 컴퓨터 스크린을 부수고 들어가 학생들을 진짜로 만나고 싶다는 생각을 하면서요.

산책길에 마주하는 나무엔 다시 또 긴 겨울의 죽

음을 딛고 파릇파릇 연두 잎사귀가 돋아나고 있네요. 마비된 겨울은 그 아래 깊은 생명을 피워내는 인내의 시간이었겠지요. 굳은 땅과 마른 가지를 뚫고 돋아난 가장 어린 싹은 죽음이 없다고 말하는 것 같아요. 돌고 돌아 다시 이어지는 생장을 보며 우리도 이 세상의 폐허 위에서 매일 무너지는 마음을 추스르고, 한 걸음 더 나아갈 힘을 얻습니다. 삶의 신비를 느낍니다.

그러고 보면, 삶은 인간이 만든 허망한 것들을 정신없이 따르는 시간에서 완성되는 것이 아니라, 인간 아닌 것들, 인간을 에워싼 자연과 우주의 보이지 않는 흐름을 응시할 수 있는 '너머'의 시간을 통해 만들어지는 것 같습니다. 그 시간은 인간이 덜 된 인간이 비로소 인간이 되어가는 시간일 것입니다. 오늘 나는 얼마만큼 더 인간이 되어가고 있었는지 돌아봅니다.

●❙❭❭ 네 번째 달의 말

○ 단풍나무 시럽 만드는 달
　설피(눈신) 못 쓰게 되는 달
　큰 잎사귀의 달
　강에 얼음이 풀리는 달
　생의 기쁨을 느끼게 하는 달
　만물이 생명을 얻는 달
　머리맡에 씨앗을 두고 자는 달
　거위가 알을 낳는 달
　잿빛 기러기의 달
　곧 더워지는 달
　잎사귀가 인사하는 달
　여자들이 뼈를 잘라서
　　끓이는 달
나무에 꽃이 피기
　시작하는 강한 달
옥수수 심는 달

큰 모래바람 부는 달
작은 잎이 인사하는 달
여행 가고 싶은 달
생강꽃 향기 퍼지는 달
따사한 햇살이 심신을
　충전해주는 달
연한 연두색 속에 봄꽃들이
　화사하게 피는 달
버들강아지 춤추는 달

저는 4월이 참 좋습니다. 저도 봄이거든요. 봄의 성정이 저와 많이 닮았다 싶습니다. 4월은 제가 태어난 달, 4월의 생동하는 기운 속에서 제가 세상과 처음 만났다 생각하면 절로 기운이 납니다. 저와 생일이 일주일 남짓 차이 나는 엄마는 "우리 어매가 이렇게 좋은 봄에 날 낳아주셨어……" 하십니다. 그래서 저도 엄마를 따라 생일날 말씀드리지요. "봄에 낳아주셔서 고마워요, 엄마." 엄마도 저도 봄입니다. 좋은 게 많고 어지간하면 즐겁고 기쁨이 많은 성정도 봄을 닮았고, 가끔 성미 급하게 넘어지고 미끄러지는 것도 봄을 닮았습니다. 봄에 얼음 풀린 산길에는 때로 진창이 남아 있잖아요.

아메리카 인디언들이 네 번째 달에 붙여준 이름은 참 많습니다. 시골에서 자랐지만 막상 농사나 농가의 일은 잘 알지 못하는데, 이 이름들을 보며 절기를 생각합니다. 거위가 이맘때 알을 낳는다는 것도, 옥수수를 이맘때 심는다는 것도 인디언의 달을 공부하면서 알게 되었네요. '강한 달'이란 이름도 마음에 들고, 그 앞에 붙은 수식어도 좋습니다. '나무에 꽃이 피기 시작하는 강한 달', 그게 자연스러운 일 같지만 사실 아주 신

84

기한 일이잖아요. 여린 꽃이 굵은 나뭇가지 위에서 피어나는 것, 기적 아닌가요?

　　　'강에 얼음 풀리는 달'이라는 이름을 보니 마침 눈에 환히 그려지는 풍경이 있어요. 제가 공부한 도시 버펄로는 나이아가라폭포가 유명한데, 그 폭포가 바로 미 동북부의 오대호 중에서 이리호와 온타리오호 사이를 흐르는 나이아가라강의 낙차에서 생겨난 것이거든요. 얼음이 풀리는 봄, 나이아가라강에 접한 나이아완다 공원에 나가봅니다. 운이 좋으면 이 봄날에 강이 온통 하얀 얼음으로 뒤덮인 풍경을 만납니다. 강에 큰 눈이 내렸나, 착시가 생겨 가까이 가보면 둥둥 떠가는 얼음들, 그걸 구경하는 게 얼마나 재미있던지요. 3월에서 4월로 넘어갈 즈음, 딱 사나흘 계속되는 그 장관을 볼까 싶어 강가를 서성이던 그 옛날의 제가 생각납니다.

　　　봄도 여러 층위가 있어 작은 봄이 있고 큰 봄이 있네요. 4월은 큰 봄이네요. 큰 봄에 태어났다고 생각하면 가끔 힘든 일 있어 움츠러들 때 어깨를 좀 펼 수 있을 것 같아요. 그런데 그 좋은 4월이 우리에겐 슬픔이고 악몽이기도 합니다. 우리 역사에서 4월은 수많은 젊음을 앗아간 핏빛

4월입니다. 멀리 4월의 민주화 의거도 있지만 모두의 기억 속에 남아 있는 4월 16일, 세월호의 아까운 아이들, 그 악몽도 4월입니다. 4월이 이렇게 무겁고 어두운 달이 되었는데, 그럼에도 매일 마주하는 걸음은 4월에서 생명을 얻으라고 당부하네요.

지금 여기의 4월 이름도 아메리카 인디언들의 이름만큼이나 예쁘고 구체적입니다. 생강꽃 향기가 퍼져 나가는 시기가 4월인지 처음 알았습니다. 버들강아지가 춤을 춘다는 것도요. '혹등고래가 자주 튀어 오르는 달'이란 이름을 붙여주신 분은 젊은 날 원양어선을 탔는데, 오키나와 서쪽 케라마 군도에 가면 혹등고래가 장관을 이룬다고, 옛 추억을 떠올려 실감나게 이야기해주셨어요. 교실에는 먼 인디언의 생활과 서울의 현재와 어느 젊은 날 바다 위의 시간이 겹쳐서 함께 흐릅니다. 시간은 일직선의 흐름이 아니라 주름처럼 겹쳐지는 것, 미래가 과거가 되고, 과거가 미래가 됩니다. 공간 또한 여러 무늬, 여러 색이 섞여 아름답습니다. 그렇게 우리는 한 계절, 하나의 달 안에서 다양한 삶을 함께, 한 호흡으로 맛보았네요. 아름다운 시간이었습니다.

모든 것을 안다고
생각한 순간

현명한 사람일수록

그는 신을 더 필요로 한다.

모든 것을 안다는 생각에서

자신을 지키기 위해서.

—피마Pima족 조지 웹의 말

어떤 말과 어떤 사건을 곱씹는 새벽입니다. 의도치 않게 난처한 상황에 처했을 때, 뭔가가 심하게 얽혀 있을 때, 설명하긴 구차하고 그냥 넘어가기엔 너무 억울한 일이 마음에 자꾸 깊은 우울의 우물을 만들 때, 자다가 벌떡 일어나 생각합니다. 아, 이건 분명 화병인 게야. 아니야, 갱년기 증상인가? 아니, 내가 이 정도 일도 극복을 못 해? 대체 뭐가 현명한 길이지? 참는 거? 따지는 거? 어떤 지혜가 필요하지?

이런 때는 지식이니 정보니 하는 앎도 큰 도움이

안 되고요. 문제를 골똘히 들여다볼수록 현기증이 날 때도 있습니다. 그래서 잠시 비우고 물러나 바라보는 게 더 도움이 되기도 합니다. 저는 그렇게 오랜 기억에 마음이 어지러운 새벽이면 벌떡 일어나 5시 가톨릭 방송 미사와 묵주기도로 마음을 달래곤 합니다. 그러면 또 마음에 일어나던 먼지바람이 좀 가라앉고 하루를 개운하게 시작할 용기가 생깁니다.

"오, 똑똑하고 싶어요! 현명한 사람이 되고 싶어요!" 아이들도 어른들도 외칩니다. 저도 가끔 지난 일을 곱씹어 생각하며 '아, 그때 더 현명했어야 하는데' 하고요. 현명함은 지식과는 다른 지혜를 말하겠지요. 현명함은 어질고 슬기로운 덕목, 사리에 밝음을 의미합니다. 스스로 현명하다 생각하는 사람은 그 밝음과 지혜 덕분에 혼자 오롯이 충분하다고 생각하기 쉽습니다. 현명하면 혼자 판단하고 혼자 결정할 수 있을 것 같습니다. 현명하면 다른 사람의 말을 듣지 않아도 될 것 같습니다.

하지만 아메리카 인디언에 따르면, 현명한 사람일수록 신을 더 찾는다고 해요. 1959년에 채록한 피마족 인디언 조지 웹George Webb의 말. 피마족은 오늘날 애리조나에서 멕시코주에 이르기까지 살았던 인디언으로 '아키멜 오덤Akimel O'otham'이라고 부르기도 해요. 아키멜 오덤은 '강의 사람들'이란 뜻인데, 애리조나의 '솔트 리버Salt River' 가까운 곳에 살던 피마족은 '소금 언덕의 사람들'이라 불리기도 했다 네요. 조금씩 다른 이름들이 있지만 바깥 사람들은 간단히 '피마'라고 불렀다고 합니다.

피마족은 원래 사막지대에서 주로 사냥과 채집을 하면서 살았기에, 콩 같은 걸 조금만 먹어도 생존할 수 있도록 몸속에 영양소를 축적하는 유전자를 지녔다 해요. 그런데 미국의 백인 문화와 맞닿으면서 식생활이 서구화되고, 그 과정에서 피마족은 전 세계에서 당뇨병 발병률이 가장 높은 종족으로 유명해졌답니다. 피마족 남자 63퍼센트, 여자 70퍼센트가 당뇨병에 걸린다니 참 비극적인 사실이에요. '피마' 하면 늘 당뇨병이 자동으로 따라오는 단어여서 이야기가 길어졌는데요.

지혜와 신의 관계에 대한 피마족의 금언은 지금 우리에게 아주 따끔하게 다가옵니다. 피마족은 모든 것을 안다는 생각에서 자신을 지키기 위해 현명할수록 더 신을 찾는다고 말하네요. 모든 것을 안다고 생각하는 순간, 자만의 덫에 빠지는 인간의 어리석음을 꿰뚫어본 말. 흔히 똑똑하고 지혜롭고 현명하고 싶은 욕망 자체가 우리 자신을 지키기 위함이라고 생각하기 쉬운데, 인디언의 말은 그 반대를 지향하고 있네요. 모든 것을 안다는 생각이 어쩌면 우리 자신을 스스로에게서도, 주변 친구들에게서도, 신에게서도 멀어지게 하겠지요. 어른들이 '쯧쯧, 자기 꾀에 자기가 넘어가지' 하신 말씀이 그래서 나오는 것이겠지요.

　　　　그런데 신을 알려면 어떻게 해야 할까요? 나 자신의 현명함이 옳은지 그른지 아는 건 어떻게 가능할까요? 그 방법이야말로 기다림이지 싶습니다. 당장 답을 알 수 없더라도 헤아려 기다려보는 일. 기약이 없을지라도 보채지 않고 귀 기울이는 것. 나 자신의 소리와 바깥의 소리, 그리고 쉽게 들리지 않는 소리까지 포착하려는 마음, 무엇보다 이 세상의 낮은 곳, 진창의 소리를 듣는 일.

　　　　세상의 지식에 둘러싸여 이를 급하게 삼키느라 바쁜 오늘, 무성한 소음 속에서 저는 그만 조용해질까 합니다. 제 안에서 잘 들리지 않던 소리, 그게 신의 소리이건, 자연의 소리이건, 평소에 잠재워두었던 저의 다른 목소리건 무엇이건, 그냥 가만히 들어보려고요. 오늘은 낮고 고요한 침묵에 기대어 머리맡에 다른 씨앗을 품어보려고 합니다.

내버려두면

원주민이 아닌 이들은 모든 걸 바꾸려 든다.

때로 금방 고칠 필요가 없는 것들이 있다.

자연이 스스로 돌보고 치유하도록 기다리면

결국 그리 되리라는 걸 알게 될 거다.

옐로스톤공원이 좋은 예다.

불에 타 숲이 되었지만, 1년도 지나지 않아

사람들은 숲이 다시 태어나는 걸 보았고

뉴스 매체도 놀라지 않았나.

자연은 늘 그렇다. 우리 인간들은

이 대지의 일부이고 자연의 일부다.

자연이 치유하도록 하면 자연은 되살아날 거다.

—오논다가Onondaga족 토냐 고넬라 프리크너의 말

오논다가족은 '언덕에 사는 사람들'이란 뜻으로
뉴욕주 북쪽 온타리오호 근처에 살았다고 합니다. 지도를 찾아보니, 제가 공부한 도시 뉴욕주 버펄로 동쪽에 시러큐스가 있는데 그 근처에 여섯 개 부족이 일종의 연합을 이루어 살았다 해요. 오논다가, 모호크, 오네이다Oneida, 카유가Cayuga, 세네카Seneca, 그리고 투스카로라Tuscarora라는 이름으로요. 제가 살던 도시의 이름도 인디언 말에서 왔어요. '세찬 물살'을 뜻하는 토나완다Tonawanda였는데요, 앞서 말했듯 이리호에서 온타리오호 사이에 나이아가라폭포가 있고, 그 폭포를 향해 흐르는 물살이 나이아가라강이었지요. 그래서 '세찬 물살' 이라는 지명을 얻었다고 해요.

오논다가족 인디언 후예로 인디언 인권운동가이자 변호사로 일했던 토냐 고넬라 프리크너Tonya Gonnella Frichner, 1947~2015가 남긴 글이 재난 한가운데 있는 이 세계에 큰 울림을 주기에 그 말에 기대어 또 걸어봅니다. 대개 4월은 사순 시기가 지나고 온 세계가 부활의 기쁨을 나누는 시기인데, 지금은 전 세계가 죽음의 바이러스와 싸우고 있습니다. "놀라지 마라. 두려워하지 마라"는 주님 말씀에 기대어 전 세계 연대를 촉구하는 교황님의 눈물도 봅니다.

쌀도 떨어지고 계란도 떨어지고 화장실 휴지도 동이 난 마트에서 콩과 스파게티 몇 봉지 사 와서 끓여 먹던 날의 기억. 자본의 논리를 누구보다 앞서 좇아온 강대국 미국 또한 이 세계의 재난 앞에서는 다른 나라들과 다를 바 없이 혹독한 현실을 마주합니다. 의료복지 사각지대 속에서 너무

나 많은 이들이 대책 없이 방치되고 있고, 집주인은 함께 쓰던 세탁실을 사용하지 말라고 하네요. 무슨 이유인지 따져 묻지 못했어요. 낯선 것이 모조리 두려움의 대상이 된 세상. 직접 구운 블루베리 케이크를 마당에서 나눠 먹으며 영화 〈기생충〉의 쾌거를 떠들던 게 며칠 전인데, 갑자기 태도가 싸늘해졌으니까요. 개를 산책시킬 때 말고는 아예 집 밖에 나오지도 않는 집주인을 보면서 한편으로는 이방인인 저를 두려워하는 마음이 이해가 가기에, 저는 툴툴거리면서도 씩씩하게 손빨래를 합니다.

마스크를 구할 수 없는 미국에서 고군분투하는 제게 한국에서 보낸 마스크가 도착한 날, 그 감격도 생생합니다. 같은 날 제자가 한 달 전에 보냈다는 카드도 어느 먼 곳을 떠돌다가 도착했습니다. 손바닥만 한 엽서가 목적지를 찾아드는 기적이란! 공공서비스의 중요성을 새삼 실감합니다. 사람과 사람 사이 2미터의 거리를 지켜야 하지만 마트도 그럭저럭 돌아가고 전철도 다닙니다.

들판에는 꽃이 만발한 봄입니다. 버클리에 갔을 때 새로이 알게 된 '사랑초'라는 노란색 꽃이 있는데요. 꽃이 너무 예뻐서 산책길에 정원 가꾸는 동네 아주머니께 물어보니, 이름이 옥살리스Oxalis라고 하네요. 아주머니는 "앤 풀이 아니라 잡초야"라고 친절히 알려주시네요. 우리말로 '괭이밥'이라는 이름의 이 예쁜 꽃이 잡초라니! 버클리대학 교정 안에 제가 즐겨 산책하는 낮은 언덕이 있는데, 거기 구부정한 고목 아래 노란빛으로 환하게 빛나는 옥살리스가 많아요. 잡초였기에 인위적인 손길이 닿지 않은 채 제멋대로 그처럼 아름다운 동산이 만들어지지 않았나 싶어요. 오가는 사람 없는 낮은 언덕에 노란 꽃들만이 옹기종기 모여 햇살 향해 고개 듭니다.

사람이 숨을 죽이고 활동을 멈춘 이 지구엔 소음공해, 교통체증, 대기오염도 없어졌다 합니다. 인간이 얼마나 무감하고 무분별하게 이 대지를 피폐하게 만들었는지, 오논다가족 인디언 후예 프리크너의 말대로 모든 걸 바꾸고 싶었던 인간의 욕망이 이 폐허를 낳았겠지요. 바이러스 앞에서 약하기 그지없는 인간인데요. 경쟁과 소비, 맹목을 잠시나마 멈추고 선 이 자리, 오늘도 기적처럼 꽃이 피고 나뭇가지엔 연두색 물이 오릅니다. 시름하는 이 세계에, 연대의 손길이 봄의 생기처럼 퍼져서 생명을 다시 지피기를 빌어봅니다.

'벌써'라는 말의 참혹

어떻게든 서로 연결되지 않은 것은 없다.

우리가 하는 모든 행동은 우주 전체에

영향을 미친다.

아침에 우리는 무릎을 꿇고 만물을 지으신 이에게

'저를 용서하소서' 하며 기도드린다.

풀 줄기 하나 구부러뜨리기 전에.

＿위네바고Winnebago족의 말

이맘때 길을 나서면 온통 보들보들 연하고 환한 것 천지입니다. 여린 꽃잎들이 앞서거니 뒤서거니 피었다가 한 차례 비가 내리면 후드득 떨어집니다. 물오른 나뭇가지에서 연두색 싹이 수줍게 보일 듯 말 듯 나오더니 하루가 다르게 색이 진해집니다. 이맘때 자연 속을 걷고 있노라면 포동포동한 어린아이의 발과 손을 만지고 뺨에 볼을 부빌 때 전해지는 듯한 신비를 느낍니다. 연하디연한 존재의 맑음을 마주하는 느낌입니다.

그래서 이 연두색 싹이, 이 분홍 꽃잎이 하루라도
더 오래 고운 모습으로 우리 곁에 있어주면 얼마나 좋을까
싶지만, 봄은 짧습니다. 팬데믹 내내 움츠려 있던 올봄인지
라 "연분홍 치마가 봄바람에 휘날리더라" 흥얼거리는 엄마
의 다정한 음성도 듣지 못했습니다. 그래서 "꽃이 피면 같이
웃고 꽃이 지면 같이 울던 알뜰한 그 맹세"도 새기지 못하고
훌훌 떠나보냅니다.

이 좋고도 아쉬운 계절이 여전히 슬프고 시린 것
은 우리를 꼼짝 못 하게 하는 바이러스 때문만은 아닙니다.
모든 이들의 마음에 각인된 날짜, 4월 16일. 수학여행을 떠
났던 아이들이 그 거대한 배와 함께 가라앉았지요. 그 장면
을 온 국민이 속수무책으로 지켜봐야 했던 무참한 시간. 벌
써 여러 해 지났네요. '벌써'라는 말의 참혹을 용서하소서.
1초 1초가 형벌과도 같은 시간을 살고 있을 유가족들을 위해
화살기도를 올립니다. 산책을 나서 봄날의 예쁜 땅을 걷고
있는 오늘의 저는 이 대지에 그만 무릎 꿇고 다른 어떤 것보
다 용서를 청하고 싶습니다. '저를, 우리를, 용서해주소서'
아니 '용서하지 마소서, 절대로 용서하지 마소서'.

보드랍게 깨어난 흙과 나무와 풀과 꽃에게, 하늘
의 별이 된 아이들에게, 기막힌 상실을 여전히 현재형으로
겪고 계실 가족들에게 엎디어 용서를 청합니다. 이 세상 모

96

든 것들이 서로 연결되어 있는데, 풀 한 줄기 부러뜨려도 용서를 비는 마음이 살아 있던 이 세상인데, 우리는 어찌 그리 보드라운 목숨들을 무참히 떼로 놓치고도 이토록 무기력하기만 한지. 가족들의 요구는 왜 계속 세월 속에서 연기되는지. 이 모든 무능과 무심과 망각이 결국은 우리 자신에게 돌아오는 업이 아닐지.

우리의 상실, 우리의 참혹, 우리의 방조, 우리의 태만이 계속해서 귀한 목숨들을 앗아가는 이 세계에 벽을 높여 구분하고 연결 고리를 간단히 끊고 안심하는 우리. 알고도 짓고 모르고도 짓는 무참한 불의와 비겁한 부정에 눈감은 채 저마다 끝없는 욕망만을 좇고 있는 우리. 이 무정하고 모진 세월 앞에서, 꺾인 풀 줄기와 떨어진 꽃잎 앞에서, 무릎 꿇고 용서를 청합니다. 생강꽃 향기 그윽하고 버들강아지 춤추는 4월에, 생의 기쁨을 찬란히 느끼게 하는 네 번째 달의 그 싱그러움 앞에서 모질고도 비통한 세월 앞에서 청합니다. 용서해달라고. 아니, 용서하지 말아달라고.

●▶〉 다섯 번째 달의 말

○　나뭇잎이 초록이 되는 달　　연두가 초록으로 변하는 달
　　밭 가는 달　　　　　　　　모내기하는 달
　　여자들이 옥수수 김매는 달　꽃들이 넘쳐서 꿀벌이
　　꽃 피는 달　　　　　　　　　힘들다고 잉잉거리는 달
　　조랑말이 털갈이하는 달　　세수하는 달
　　게을러지는 달　　　　　　묶어두고 싶은 달
　　구멍에다 씨앗 심는 달　　찔레꽃 피는 달
　　말이 살찌는 달
　　기다리는 달
　　카마시아(백합과의 식용식물)가
　　　피어나는 달
　　거위가 북쪽으로 날아가는 달
　　큰 잎사귀의 달
　　뽕나무 오디 따 먹는 달
　　작은 꽃들이 죽는 달
　　딸기 따는 달
　　씨앗과 물고기와 거위의 달
　　이름 없는 달
　　오래전에 죽은 이를
　　　생각하는 달

1년 중 가장 아름다운 달을 꼽아보라고 하면 아마 5월이지 않을까요. 이번에는 인디언의 달 이름을 소개하기 전에 수업에서 지금 여기의 우리가 지은 5월의 이름을 먼저 이야기해보려고 해요. 입이 간질간질, 잊기 전에 기록하고픈 생생한 현장이 제 손을 재촉하거든요.

이 책의 독자들 중에 모내기 기억을 간직하신 분들이 얼마나 계실까요. 아마 많지 않겠지요. 이젠 모내기를 기계가 주로 하니, 일렬로 죽 늘어서서 허리가 끊어질 듯 일일이 손으로 모를 심던 기억은 아득해졌어요. 제게는 좀 특별한 모내기의 기억이 있어요. 바로 들깨 국수 맛과 함께요. 지금까지도 가장 맛있는 국수는 모내기 때 낑낑거리며 들고 간 양동이에서 한 그릇씩 퍼서 들에 앉아 먹던 새참입니다. 그 구수한 맛이 아직도 아스라하게 입가에 남아 있는 듯하네요.

'찔레꽃 피는 달'이라는 이름을 붙인 분께서는 다시 손을 들더니 이렇게 말을 덧붙였어요. "아까시나무꽃, 찔레꽃이 요즘 한창이라 저어기 망우산에는 벌써 질걸요. 뒤로 돌아보면 많아요." 두 문장으로 이루어진 이 말씀 자체가 저는 시처럼 들렸어요. 아까시나무꽃, 찔레꽃이라는 구체성도 놀랍지만 걷다가 "뒤로 돌아보면" 많다는 말. 이건 눈뜸의 순간 아닌가요. 걷다가 뒤돌아보면 앞과는 확연히 다른 풍경이 보이잖아요. 우리는 대개 앞만 보고 걷는 데 익숙한 사람들이라 가령 '목표, 전진, 앞으로!' 구호처럼 앞만 보고 가지요.

그런데 문득 뒤돌아볼 때, 해가 지고 있다든가, 햇살이 환히 비친다든가, 찔레꽃이 활짝 피어 있다든가, 눈앞과는 확연히 다른 풍경이 펼쳐지는 경이로움. 뒤돌아보는 일은 그래서 다른 시선을 주는 일.

중학교 1학년 때 어느 순간이 생각나네요. 하굣길에 학교에서 읍내로 가는 긴 신작로를 혼자 걷고 있다가 문득 멈추고 돌아보니, 해가 막 산에 걸려 넘어가는 찰나, 동그란 주홍빛 해가 얼마나 신비했는지. 혼자 망연했던 그 몇 초, 영화같이 기억에 새겨진 그 시간도 뒤로 돌아봤기에 누릴 수 있던 축복이었네요.

어느 분이 5월을 '묶어두고 싶은 달'이라고 이야기하자 옆에서 한 분이 툭 끼어드시네요. "버리고 살아야 돼. 버려야지 뭘 묶어." 큰 자의식 없이, 주저함 없이 툭 던지는 이런 대화, 그

날의 교실, 참 좋았어요. 평소엔 잊고 있지만, 아메리카 인디언들뿐만 아니라 지금 우리에게도 톡톡 두드려 깨우면 깨어나는 생생한 날것의 감각이 있다는 걸 실감했지요.

인디언들이 지은 5월 이름 가운데에는 별다른 설명 없이도 직관적으로 다가오는 것들이 많아요. 보석 같은 계절이니 그 감각도 더 생생했겠지요. 어떤 이름이 눈에 들어오나요? 여자들이 옥수수 김을 매는 시간에 앨곤퀸 부족의 남자들은 무얼 했을까요? 캐나다 동북부 추운 지역에 살던 인디언들이니 무스 사냥을 나갔을까요? 뽕나무 오디 따 먹는 재미를 아는 저는 그 이름이 반갑네요.

'작은 꽃들이 죽는 달'이란 이름은 오세이지족Osage의 것인데, 캔자스 지역에 살던 오세이지족은 석유를 팔아 부족 전체가 돈을 정말 많이 벌었다고요. 그런데 바로 그 이유로 백인들에게 연쇄적으로 살해당했다고 해요. 온갖 방법을 써서 오세이지족을 없애고, 자신들이 그 이권을 차지하려고 한 백인들. 버젓이 지금 미국 땅을 차지하고 있지요. 사막지대의 5월에 시들어가는 들꽃을 보았던 오세이지족의 세심한 시선을 생각하면 이들의 비극적인 역사에 더 마음 아픕니다. 오세이지족의 운명이 인디언들의 축소판이기 때문이지요.

다섯 번째 달의 아름다운 이름을 적으면서 제 머릿속에는 인디언 역사 속의 가려진 많은 사연들이 지나갑니다. 유목 생활을 했던 아시니보인족에게 5월은 그저 게을러져도 되는 계절이었고요. 체로키 인디언은 부지런히 씨앗을 심었네요. 이처럼 생동하는 시간에 아라파호족은 왜 '오래전에 죽은 이를 생각하는 달'이란 이름을 붙였을까요? 아름답고 찬란한 계절에 역설적으로 죽은 이가 떠올랐던 걸까요?

며칠 전 일이 기억나요. "엄마 뭐 하세요?" 전화로 여쭈니 엄마 말씀 "응, 하늘 보고 있었다. 파란 하늘에 흰 구름 두둥실 떠나가네." 그러곤 이어서 "흩어졌다 모였다, 다시 흩어지는 형체 없는 구름이네. 언니는 죽어서 저 구름이 되었나?" 파란 하늘의 흰 구름 속에서 엄마는 영영 이별한 그리운 언니를 찾고 계셨네요. 코로나19로 여러 해 서로 만나지 못했던 자매는 따뜻한 봄이 되면 꼭 만나자는 약속을 뒤로하고 결국 영별永別했습니다.

그렇듯 찬란한 빛이 그리운 부재를 일

깨우는 시간, 호피 인디언은 무얼 기다리는 것일까요? 우리가 가끔 농담처럼 이야기하는 성공률 100퍼센트 인디언 기우제의 주인공, 비가 올 때까지 기우제를 지내는 종족이 바로 호피 인디언이랍니다. 북미 대륙 평원을 거쳐 애리조나 사막에 정착하면서 특이하게도 농경 생활을 계속했던 부족이지요. 척박한 사막에서 농사를 지으려면 물이 가장 필요했겠지요. '평화로운 사람들'을 뜻하는 호피 인디언은 지금 1만4천 명 남짓 남아 있다 해요. 지금도 호피 인디언은 하늘을 보며 비를 기다리고 있을까요?

"봄 되면 언니 만나러 나도 서울 가야지" 하시던 엄마는 기다림 대신 하늘을 보며 그리움을 새깁니다. 저는 그런 엄마를 보며 그리움과 기다림 모두를 곱씹어봅니다. "엄마, 얼른 급한 일 마무리하고 엄마 보러 갈게요." 제게 5월은 그래서 '약속의 달'입니다.

연한 것이 약한 것일까

인간이기 때문에

일관성이 없고

옳지 않은 일을 하고

실망스럽게 행동한다는 사실을 받아들여라.

당장 죽을지도 모를 치명적인 문제가 아니라면

지금 당신이 느끼는 실망감은

삶을 위한 위대한 훈련이다.

　　_럼비Lumbee족의 말

　　참을성이 많다, 사람에게 큰 기대를 하지 않는다, 별로 실망하지 않는다. 스스로 꼽는 저의 특징인데, 틀릴지도 모르겠습니다. 어지간한 일에 인내심이 많다고 생각하는 편이지만 그래서 그런지, 참다가 어느 단계를 넘어가면 좀 냉정해져요. 사람에게 기대가 크지 않지만 상대방이 어떤 중요한 기준을 지키지 않으면 저도 모르게 그리 되는 것 같아요. 물론 한 번 정도 실망하면 그럴 수 있지 하고 참지만, 그런 일이 반복돼 어느 순간 마음이 접히면 잘 펴지지 않아요. 지나고 나서 생각해보면 열 번이라도 참아야 하는데, 더 너그러웠다면 어떠했을까 반성하기도 합니다.

실망은 상대방에게 기대가 크기 때문에 생기는 마음의 얼룩입니다. 어쩌면 실망은 상대방의 부피에 비해 기대가 유난히 컸던 내게 원인이 있는지도 모르겠습니다. 자기 기준의 엄격함은 돌아보지 않고, 스스로를 실망시키는 상대를 곧잘 비난하거나 그에게 상처받았음을 호소하곤 하는 우리입니다.

그런 마음의 좁은 터를 돌아보면, 아메리카 인디언들은 참 너그러운 사람들이다 싶습니다. 럼비족은 노스캐롤라이나 지역, 미국 미시시피 동쪽 지역에서 가장 큰 인디언 부족이었답니다. 지금 5만5천 명 정도 남아 있는데, 그 큰 규모에도 불구하고 연방정부에서 인디언 인증을 받지 못해 오래 속앓이를 했다고 합니다. 공식적으로 인디언 인증을 받아야 자치 정부를 구성할 수 있고, 그래야 학교 건축허가나 의료혜택 등을 받을 수 있다네요.

1956년에서야 연방정부의 승인을 받긴 했지만 그것도 형식에 그쳐서 긴 시간 인디언 보호 구역도 없이, 자연히 카지노 운영도 허가받지 못한 채 이들은 미국 동부 해안의 74번 고속도로를 따라가는 로브슨주 럼버강 근처에서 가난하게 살았다고 해요.

그 불행한 역사 때문인지 럼비족이 내세우는 삶의 지혜는 실망을 견디라는 인내의 말입니다. 가난한 동네에서 어쩔 수 없이 영어를 쓰고 서구인의 복장을 하고 주정부의 허가를 받고도 130년이 넘도록 연방정부의 공식적인 인증을 기다리면서 실망감을 견디는 훈련을 하는 이들. 그 인내를 너그러움이라고 해야 할까요, 참을성이라고 해야 할까요, 끈기라고 해야 할까요. 물론 인내라고 하여 옳고 그른 것을 분간하지 않는 태도는 아니겠지요. 상대방의 악 혹은 잘못을 알면서도 그걸 관용하고 스스로의 삶과 인간 전반에 대한 통찰로 이어가는 너그러움이겠지요. 인간이기 때문에 틀릴 수 있다고요. 인간이기 때문에 실망스러운 행동을 하고 약속을 깨뜨린다고요.

목숨과 관계된 중요한 문제가 아니라면 지금의 실망감은 모두 살아가는 일의 위대한 훈련이라고 하는 럼비족의 말. 연방정부의 인증에 오랜 시간이 걸렸던 것은, 럼비족이 여러 부족으로 구성된 혼혈 민족이라 인디언으로서 정통성을 제대로 인정받지 못했기 때문인데요. 멸망의 길에 있는 인디언 사회에서도 소수 인디언, 혼혈 인디언은 더 외롭고 더 고달픈 처지에 놓이게 되는 비애.

다른 인디언들이 미 연방정부와 평화조약을 체결하고 토지를 정부에 양도하고 인증을 받을 때, 생존에 필요한 최소한의 조건도 채우지 못해서 더 급속히 사라져간 종족의 후예. 그들의 역사를 돌아보니, 속 좁은 저로서는 아, 이건 정말 너무한 것 아닌가, 불가능한 인내 아닌가, 화가 나네요.

그러다 지금 여기에서 그들이 전하는 말의 결을 헤아려보니, 당장 죽을 것만 같이 힘들어 보이는 문제도 알고보면 정말로 치명적인 것은 아니다 싶어 위로를 받습니다, 신기하게도. 사람이나 일에 대한 실망감이나 그에 따른 괴로움도 다시 생각해보면 인간이라는 허약한 조건과 본래부터 떼려야 뗄 수 없다는 생각도 듭니다. 인간은 약하고 악한 존재. 인간이 만든 제도 또한 약하고 악한 것. 그 현실을 직시하는 것이 나를 단련하는 첫걸음이겠지요.

연한 연두 이파리가 점점 초록으로 짙어가는 계절. 연한 것이 약한 것일까, 짙은 것이 강한 것일까, 아니면 그 반대일까, 곰곰 생각해봅니다. 너무 보드라워서 금방 짓이겨질 것 같던 이파리들이 바람과 비와 햇살 속에서 점점 푸르게 변해가는 시간에 약함과 강함, 연함과 진함의 묘한 신비를 생각합니다. 게으름과 부지런함, 성장과 사멸의 과정도 마찬가지, 그 신비 안에서 엎치락뒤치락 서로 기대면서 나아가는 것. 결국 이 모든 것은 하나의 리듬 안에 함께 머무는 것이 아닐까 생각하다가, 다시 또 종족 절멸의 운명을 겪은 인디언들을 생각하면 화가 나다가…… 오늘의 저는 인디언들이 살아온 힘을 생각하며 분노와 수긍을 왔다 갔다 합니다. 이런 시간도 훈련이라 생각하며 분노를 계속 품고 가려 합니다.

동등함에 대하여

다툴 필요 없다.

모든 이를 똑같이 대하라.

모두에게 같은 법을 적용하고

모두에게 같은 기회를 주어서

살아가고 성장하게 하라.

위대한 정령이 모든 사람을 만들었다.

그들은 모두 형제다.

대지는 모든 사람의 어머니, 그 위에서

모든 사람은 동등한 권리를 누려야 한다.

_네즈퍼스Nez Perce족의 부족장 조지프의 말

팬데믹은 그 말의 어원을 살펴보면 그리스어 'πᾶν pan, 모든'과 'δῆμος demos, 사람들'이 결합된 단어입니다. 사람들을 가차 없이 정복하는 그 무서운 전파력. 눈에 보이지 않는 바이러스가 국경을 넘어 모든 이들을 무차별 공격하는 감염병의 시절은 세계인을 하나의 운명으로 묶습니다.

하지만 그 동등하고도 무차별적인 감염병의 시기에 깊이 우려되는 것은 병을 통과하는 일은 결코 동등하지 않다는 점입니다. 특히 제가 머물렀던 미국과 같은 다민족 사회에서는 이 불평등이 더 실감납니다. 대도시 저소득층 밀집 지역 거주자나 아메리카 인디언, 흑인, 라틴계 사람들의 확진율과 사망률이 높은 현실이 이를 잘 설명해줍니다. 비교적 넓은 집에서 재택근무가 가능한 고소득층은 큰 타격을 받지 않고 팬데믹 이전과 별반 다를 바 없는 생활을 여유롭게 이어가지만, 하루 벌어 하루를 사는 이들은 생계에 큰 위협을 받았습니다. 5월의 찬란함이 무색한 시간입니다.

그러고 보면, 코로나바이러스는 그간 아슬아슬하게 가려져왔던 불평등의 문제를 실감나게 드러내는 계기가 되었습니다. 미국은 전 세계 국가들 중 코로나19로 확진자 수로 상위권을 차지하는 상황인데요. 모든 이는 형제요, 대지는 모든 이의 어머니이며, 우리는 그 위에서 동등하게 살아갈 권리를 누려야 한다고 설파한 아메리카 인디언 문명을 잔혹하게 파괴하고 건설된 북미 대륙에서 희생자가 속출하는 현실. 지금껏 미국 문명이 인디언 학살과 차별과 배제에 대한 큰 반성 없이 내달려온 결과일까요.

대지 위에서 모든 사람은 똑같다고 이야기한 인디언 부족. '뚫은 코'를 뜻하는 네즈퍼스족은 미국 아이다호주에 사는데, 실제로 코를 뚫지도 않았는데 그런 이름을 얻었다지요. 프랑스인들이 코를 뚫은 이웃 부족과 혼동해서 붙인 이름이라고 합니다. 스스로는 그냥 '사람들'이라는 의미로 '니미푸Nimipu'라고 부른다는데, 많은 인디언 부족들도 그렇다고요. 우리에게 알려진 많은 이름들은 밖에서 주어진 것이라고 합니다.

지금 네즈퍼스족의 가장 큰 위기는 언어가 사멸 직전에 놓인 것인데요. 부족 언어를 유창하게 구사하는 사람이 극소수라고 해요. 이 큰 대륙에서 자유로이 살던 사람도 언어도 점점 문명 속에서 도태되는 현실. 그 와중에 오늘도 백인들은 팬데믹의 엄혹한 현실에서도 생존을 앞세워 총을 들고 시위를 했다지요. 동양인은 물러가라며 혐오범죄를 일삼는 인종주의자들도 백인들이고 보면, 그 원죄가 깊다 싶습니다.

미국 문명의 민낯을 아프게 마주하는 이즈음, 코로나19 이후의 세계에서 우리에게 필요한 화해와 공생, 진정으로 동등한 삶의 권리를 인디언들의 영성에 기대어 챙겨봅니다. 사라졌다 싶은 것, 가버렸다 싶은 것, 오래되어 쓸모없다 싶은 것들이 다시 말을 걸면 거기 귀 기울여보는 것. 그게 어쩌면 막힌 문명의 길에서 희망을 되찾는 첫걸음이 될 수 있을까요?

모든 질문은 가능성을 품고 있지만 지금 저는 그

질문 앞에서 여전한 두려움을 안고 질문하고 또 답을 구해봅니다. 문득 여러 해 전에 가본 월든 호수를 떠올립니다. 월든 호수는 1만 년의 시간이 지나도 여전히 맑기만 했습니다. 물의 흐름이 막힌 구조가 아니라 호수 아래로 물줄기가 뻗어 있어서 호수가 계속 숨을 쉰다고, 그래서 정화작용을 꾸준히 할 수 있다고 들었는데요. 우리에게도 이 팬데믹 시기가 호수 바닥을 흐르는 물줄기처럼 낮게 엎디어 숨 가다듬어 쉴 수 있는 날들이길 바라봅니다.

내가 열리는 순간

1. 대지는 우리의 어머니다. 그 어머니를
   잘 보살펴라.
2. 그대와 관계된 모든 것을 공경하라,
   나무와 새들, 모든 친척들을.
3. 위대한 정령께 그대의 가슴과 영을
   열어놓아라.
4. 모든 생명은 고귀하다. 모든 존재를
   공경으로 대하라.
5. 대지에서 꼭 필요한 것만 취하고,
   더는 얻지 마라.
6. 만인의 공동선을 위해 필요한 일을 하라.
7. 새날이 밝을 때마다 위대한 정령께 변함없는
   감사기도를 올려라.
8. 오직 진실을 말하라. 사람들 속에선
   선한 것만을 보라.

9. 자연의 리듬을 따르라. 태양과 함께 일어나고
　함께 잠들라.

10. 삶의 여정을 즐기라. 하지만 흔적을
　　남기지는 말라.

　　─아메리카 인디언들의 십계명

　　어제 오후 친구의 전화를 받았어요. 마침 몰려드는 일을 해치우느라 종일 책상에 붙들려 있던 참이었지요. '왜 이리 바쁘지, 일은 왜 해도 해도 끝이 없지' 숨이 턱에 차던 참이었어요. 친구 또한 좁은 사무실에서 격무에 떠밀려 숨이 차다며 잠시 산소가 필요하다고 저를 떠올렸고 그래서 전화를 했대요.

　　친구의 전화를 받으며 일어나 잠시 밖으로 나갔지요. 현관 맞은편, 옥상 문을 여니 며칠 사이 숲이 더 희게 바뀐 것 같아요. 아카시아 덕분에 푸른 숲이 하얗게 된 거였어요. 사방이 온통 아카시아 향기입니다. 숨을 훅, 깊이 들이쉬었지요. 아, 이런 계절이지! 문득 새소리도, 하늘의 바람도, 풍성하게 부풀어 오른 아카시아 꽃잎도 다 제게 새 기운을 주는 생명들인데, 바쁘다는 핑계로 잠시 눈을 감고 있었다는 생각이 들었지요.

　　전화를 건 친구에게 고맙다고, 네 전화 덕분에 아카시아 향기를 제대로 맡았다고 하며 아카시아 꽃잎과 푸른 하늘 담은 사진을 찍어 보냈어요. 친구는 다시 제게 고맙다며, 저의 목소리 덕분에 오후부터 퇴근 시간까지 버틸 힘을 얻었다고 말하네요.

이렇게나 우연하고도 사소한 소통이, 작은 나눔이, 피로한 날 서로에게 큰 힘이 되나봅니다. 모든 존재가 다른 존재에게 미치는 영향력과 관계의 신비를 강조한 아메리카 인디언들의 소박한 지혜도 바로 이런 것이겠지요. 새날이 밝을 때마다 '위대한 정령 Great Spirit' 께 변함없는 감사 인사를 드리라는 말. 진실을 말하라는 말. 자연의 리듬을 따르라는 말. 삶의 여정을 즐기되, 그 흔적을 남기지 말라는 말. 아메리카 인디언들의 십계명은 서구 문명인들의 십계명보다 더 온전히 세계와 나의 화해를 지향하고 있습니다. 인간 존재가 자연의 일부분이라는 것, 이 세계가 우리 존재에게 주는 선물을 받아들이며 관계 안에서 겸허하게 사유하고 행동하라는 곡진한 당부입니다.

인간이 누리는 활력과 생기는 어디에서 올까요? 내가 지금 몰두하는 이 바쁜 일이 나의 이기심을 위해서만이 아니라 다른 존재, 공동선을 위해 하는 일이라는 보람에서 오지 않을까요? 적어도 현란하고 복잡한 지식이나 욕심껏 쌓아 올린 재산에서 나오는 것이 아님은 분명해요. 바쁜 일상 속에서 의무와 책임에 눌려 시간을 정신없이 여미다가 친구의 전화로 잠시 숨통을 튼 바람 같은 시간, 잠시 아카시아 향기를 맡고 잠시 밝은 햇살을 느껴 참 행복했습니다. 우리의 우정이 서로에게 자연의 숨결을 생명수처럼 전했다고, 모처럼 닭살 돋는 말을 하고 저도 책상에 앉았습니다. 친구에게나 저에게나 그 짧은 시간은 이 세계에 신비하고 선하고 기쁘게 열리는 순간으로 기억될 것 같아요.

오늘도 컴퓨터 속 작고 네모난 화면으로 마주하는 학생들에게 당부합니다. 밥 잘 챙겨 먹고, 나가서 꼭 햇살 속을 걷고, 힘들 때는 하늘을 쳐다보라고. 언제 끝날지 모르는 답답한 시절을 보내는 우리 스스로에게 아메리카 인디언이 전하는 이 겸손하고 단순한 이치, 지혜의 말을 기도처럼 선물합니다. 오늘이라는 하루. 흔적도 남기지 말고, 감정의 찌꺼기도 남기지 말고, 개운하게 오늘을, 오늘의 저를 다 쓰고 싶습니다.

●)) 여섯 번째 달의 말

○ 산딸기 익어가는 달　　　　　가장 애매한 달
옥수수밭에 흙 돋우는 달　　　바닷가로 여행 갈 준비하는 달
딸기가 익어가는 달　　　　　방학해서 좋은 달
더위가 시작되는 달　　　　　알싸한 밤꽃 향이 진한 달
말없이 거미를　　　　　　　기다려지는 달
　바라보게 되는 달　　　　　양산이 필요한 달
점점 두꺼워지는 달　　　　　매실이 익어가는 달
수다 떠는 달　　　　　　　에어컨 청소하는 달
초목들이 크게 자라는 달　　　육이오의 달
괭이질하는 달　　　　　　　초록이 풍성해지는 달
카마시아가 익어가는 달　　　하루가 엄청 긴 달
황소가 짝짓기하는 달　　　　찔레꽃 피는 달
거북이의 달　　　　　　　장미향 가득한 달
옥수수수염이 나는 달　　　　바람 불면 아카시아 향기가
전환점에 선 달　　　　　　　나는 달
생선이 쉽게 상하는 달　　　　모내기하는 달
　　　　　　　　　　　　감자 캐는 달
　　　　　　　　　　　　장마를 대비하는 달
　　　　　　　　　　　　장미향 시드는 달
　　　　　　　　　　　　보리가 익어가는 달

마음이 조금 바빠지기도 하고, 조금 늘어지기도 하는 때. 자연은 부지런히 그 부피와 밀도를 쑥쑥 높여가는 계절. 시간이 벌써 이리 지났나 싶어요. 우리의 감각을 깨우는 여섯 번째 달에는 어떤 이름을 붙일 수 있을까요. 혹시 눈 밝은 분들은 눈치채셨는지 모르겠네요. 조금씩 수강생들의 입이 열리면서, 우리가 만든 이름들이 많아지다가 여섯 번째 달부터는 크게 늘어나요. 1월 시작할 때는 고작 여덟 개였는데, 6월에는 자그마치 열아홉 개가 되었어요. 어떤 이름들이 있을까요?

'밤꽃 향이 진한 달'이라는 이름을 주신 분은 "밤꽃이 지고 나면 파란 별사탕이 열리는데 얼마나 예쁜지 몰라요. 그게 자라서 털북숭이 밤이 되더라고. 군인들 건빵 속 별사탕 같아"라고 실감나게 말씀해주셨어요. '장마를 대비하는 달'이라는 이름을 교실 한쪽에서 누가 말씀하시니 앞에 앉아 계시던 분이 뒤돌아보면서 "요즘은 장마가 없어"라고 하셨고요. 그러자 또 다른 쪽에서 "장마가 없어도 알고 대비는 해야지"라고 이름 주신 분 말에 추임새를 넣으셨고요.

이름을 새로 짓는 데 살아나는 이 모든 감각과 마음과 생각……. 지금 여기의 시간을 사는 우리가 반복되는 나날 속에서 잊어버린 것들입니다. 그걸 되살리며 이름 짓는 시간이 행복했습니다. 작은 교실이 바로 이 땅과 세계를 적극적으로 호흡하는 생기로운 삶의 터가 되었으니까요. 우리가 아메리카 인디언에게서 배우는 삶의 방식은 이런 감각이 아닐까 싶어요. 자신이 깃들어 사는 터, 공간, 장소를 예민하게 느끼는 것, 토착의 삶을 존중하는 것. 그리고 관계 안에서 사유하는 것 말이지요.

아메리카 인디언들은 6월에 어떤 이름을 지어주었을까요? '점점 두꺼워지는 달'은 무슨 뜻일까요? 아마 무성해지는 숲과 들판을 보면서 인디언들은 이 대지가 두꺼워진다고 느끼지 않았을까요? 무엇이 두꺼워진다는 구체적인 지시 없이 만들어진 이름은 이 세상, 이 대지를 전체로 바라보면서 조망하는 인디언들의 독특한 시선을 잘 보여준다 싶어요. 많은 이름들 중에 지금 저는 '말없이 거미를 바라보게 되는 달'이란 이름을 오래 바라봅니다. 거미는 소리 없이 움직입니다. 조용히 움직이는 거미를 가만히 바라보는 행위란? 침묵에 침묵을 더하는 그 시간을 뭐라고 이름 붙일까요? 철학이란 학문이 없어도 철학자의 탄생을 보는 것 같고, 영성이라 특별히 말하지 않아도 위대한 영성의 탄생을 보는 것 같습니다. 산딸기 익어가고 옥수수에 긴 수염이 나고, 잎사귀가 다 자라 점점 짙어지는 달, 6월의 하루에 대한 감각은 이토록 다양합니다.

미국 서북부, 오리건주의 위시람Wishram족은 '생선이 쉽게 상하는 달'이라는 이름을 붙였네요. 컬럼비아강을 따라 살면서 물고기를 잡아먹으며 산 이들에게는 아무래도 보관이 중요한 문제였겠지요? 사족을 덧붙이자면, 그땐 연어가 매우 풍부해서 물고기가 모자랄 걱정은 없었기에 위시람족은 수렵 생활을 하는 다른 인디언에 비해서는 좀 게으르고 느긋했다고 하네요.

자연과 밀접한 이름들 속에서 문득 궁금해집니다. 이 계절에 왜 이야기를 많이 할까? 여섯 번째 달에 '수다 떠는 달Big Mouth'이라는 독특한 이름을 붙인 마이두Maidu족은 캘리포니아 북쪽, 태평양 연안, 시에라네바다 근처 산이나 계곡, 특히 작은 언덕에 터를 잡고 산 사람들이었다 합니다. '마이두'는 사람man이라는 의미인데, 그래 그런지 인간의 행위를 중심에 두는 달 이름도 더 살갑게 다가옵니다.

제게 6월은 '무조건 좋은 달'입니다. 왜냐고요? 학기를 마무리하고 여름방학을 맞이하는 달이거든요.

에둘러 얻는 답

묻지 마라.

보고 듣고 기다리면

답이 찾아올 것이다.

＿푸에블로Pueblo족의 말

호기심을 품어야 하고 모르면 물어야 하고 궁금한 것은 찾아봐야 합니다. 수동적으로 가만히 있지 말고 적극적인 태도가 중요합니다. 구하지 않으면 얻을 수 없고 묻지 않으면 알 수 없습니다.

네, 맞습니다. 맞아요. 모르는 것은 물어야 하고 답은 구해야 찾아집니다. 이 말은 푸에블로족의 '지혜'와 어떤 차이가 있을까요? 물어야 하는데 묻지 마라 하고 기다리라고 합니다. 무엇이 옳은 말일까요? 무엇이 진정한 지혜일까요?

둘 다 맞는 말입니다. 묻는 일과 묻지 않는 일. 돌

이켜 다시 생각하면 푸에블로족의 지혜는 묻지 말라고 하는 데 있는 것이 아니라 어떻게 묻고 어떻게 구하고 어떻게 질문하는가, 묻는 태도와 방식에 있습니다.

묻되 채근하지 않는 것. 보고 듣고 기다리는 것 또한 질문의 한 형식일 수 있기에 답이 찾아올 때까지 인내하는 것. 어쩌면 우리 삶에서 부족한 것은 묻는 행위 자체보다는 답을 기다리는 그 시간의 인내인지 모르겠습니다. 오늘 답이 주어지지 않아도 실망하지 않는 것. 내일 다시 더 인내하고 기다려보는 것. 내일 또 답이 주어지지 않아도 화내지 않는 것. 가만 가라앉히고 보고 듣고 기다리는 것.

이 지혜는 적극적인 공격성이 아닌 수동성에 스민 은근과 끈기에 대한 이야기입니다. 기다리는 일은 그저 맥없이 놓아버리는 것이 아니라 사유의 뿌리 깊숙이 든든한 자양분을 찾는 일입니다. 당장 답이 주어지지 않더라도 성마르게 대응하지 말고 차분하게 다시 생각하는 일.

아메리카 인디언이 전하는 지혜는 이 나른한 여름 한낮에 생각을 전환하도록 이끕니다. 6월은 '전환점에 선 달'이기도 합니다. 평소에 당연하게 생각해온 것들을 뒤집어 다시 생각해보는 것. 익숙한 것을 새롭게 보는 것. 질문에 보채지 않고 뭉근히 기다리는 일. 조금 느리지만 에둘러 얻는 답, 6월이라는 전환점을 새로운 출발점으로 바꾸는 계기 또한 그 기다림이겠지요.

미약한 자의 미소

"와콘다 테 투 와파틴 아톤헤Wa-kon-da dhe dhu Wapa-dhin
a-ton-he."

아버지시여, 여기 당신 앞에 미약한

존재가 서 있습니다.

노래하는 제가 바로 그 사람입니다.

—오마하Omaha족의 기도

한국으로 돌아갈 날이 얼마 남지 않던 어느 날, 미
국에서 겪은 일들을 헤아려보았습니다. 세계 최강대국으로
불렸으나 요즘 많은 걱정을 안겨주고 있는 문제의 나라 미국
에서 콜럼버스의 동상이 무너졌습니다. 아메리카 인디언에
대한 이해가 깊어질수록 콜럼버스에 대해서도 그 공과가 새
롭게 해석됩니다. 신대륙을 발견한 위대한 탐험가가 아니라
식민지 침탈의 상징이 된 콜럼버스. 여기저기서 그의 동상이
쓰러지고 '콜럼버스의 날'은 '원주민의 날'로 바뀌고 있습니

다. 미국의 더딘 변화를 봅니다.

앞의 구절은, 콜럼버스가 미 대륙에 오기 훨씬 전부터 미주리강 인근에 살던 오마하족이 부른 기도 노래입니다. 팬데믹으로 갇혀 있는 시간 동안 저도 많은 기도를 했습니다. 인간이 만들어 올린 허약한 문명에서, 무너져 내린 세계에서 미약한 존재인 저를 의탁하고 멀리 있는 가족, 친구들, 학생들을 위해 기도했지요. 그러면 두려움이나 불안 대신 평화가 내려앉아 이 어지러운 날에도 많은 일을 했네요.

시공간의 경계를 넘나들게 하는 많은 책들이 있었기에 고립 속에서도 충만했습니다. 발길 닿는 대로 걸을 수 있어서 좋았고, 가끔 친구를 만났습니다. 처음 몇 주, 낯선 상황이 주는 공포와 사재기로 놀라서 움츠러들었던 것만 빼고는 새로운 땅에서 새로운 사람들과 그럭저럭 잘 지냈습니다. 마스크를 쓰고 나가면 불쾌한 감염자를 대하듯 흘낏흘낏 쳐다보던 미국인들도, 점점 태도가 바뀌어 마스크를 쓰기 시작했고요.

낯선 땅에서 그간 좋았던 점, 아쉬웠던 점을 꼽아봅니다. 소리 없이 많이 웃었던 것 같아요. 하늘 보며 일부러 웃습니다. 불안과 긴장 속에서라도 저를 놓아주는 방법입니다. 조지 플로이드가 경찰에 목이 눌려 사망한 사건이 담긴 8분 46초의 영상을 본 며칠간은 잠을 설치기도 했습니다. 생각해보면 우리 사회에도 그와 비슷한 죽음이 얼마나 많은지,

부모에게 구타당하고 가방에 갇혀 죽는 아이, 경쟁 논리를 더는 견디지 못해 죽음을 택하는 아이들, 이주노동자들의 과로사, 작업장의 안전장치 미비로 벌어지는 죽음들…….

죽음은 늘 곁에 있습니다. 그럴수록 하루가 소중하기에 자주 걷고 자주 웃습니다. 하늘은 그때 가장 다정하고 넉넉한 친구. 운이 좋으면 걷는 길에 진짜 친구가 함께하기도 합니다. 키 큰 미국인 시인 친구가 어느 날 들려준 이야기가 생각나요. "은귀, 넌 웃음이 얼굴에 새겨져 있는 것 같아. 인디언 말에 웃는 건 말이지, 우리 안에 있는 좋은 게 밖으로 나오는 거래. 너는 네 안에 좋은 걸 많이 갖고 있나봐." 그 말에 저는 멋쩍게 웃으며, 답했지요. "잘 웃는 건 아버지가 물려주신 선물이야. 웃음이 많은 유전자도 있을까?" 이런 이야기를 나누며 시름을 잊던 그 오후의 벤치도 생각납니다.

좋은 날도, 힘든 날도 다 지나갑니다. 기도와 웃음은 정다운 주술과 같습니다. 괴로워도 슬퍼도, 외롭고 서러워도, 두렵고 막막해도, 불안해도, 눈물을 거두고 웃습니다. 어제는 지나갔고 오늘 우리를 기다리는 하루는 다시 희미한 웃음으로 채울 수 있을 것 같습니다. 내 안에서 지펴낼 수 있는 온기는 바로 웃음입니다. 전환점이 되는 달에 멀리서 미소 담은 편지를 띄웁니다.

여섯 번째
달의 말

어떤 슬픔

문명인들은

마음에 안 드는 식물을

잡초라고 부른다. 그러나

이 세상에 잡초라는 건 없다.

이 세상의 모든 풀들은

마땅히 존중받아야 할 목적을 갖고 나왔다.

쓸모없는 풀은 존재하지 않는다.

—체로키족의 말

　코로나19로 만남이 자유롭지 않은 시간에 가장 많은 만남을 허락해준 대상이 자연이었던 것 같아요. 옥상 텃밭에서 깻잎이 하루하루 무성해지는 걸 보면서 생명의 경이를 느끼고 가까운 뒷산의 나무들이 하루하루 짙어지는 걸 보며 큰 위안을 얻습니다. 겨우내 가지가 메말랐다가 연둣빛 싹이 트고 이제 초록으로 큰 그늘 드리우는 나무 아래 서 있으면 이대로 한세상, 고요한 그 순간이 전부. 다른 소원이 생각나지 않는 그 잠시 잠깐의 천국 속에서 심호흡하며 힘든 하루하루를 이겨냈습니다.

아메리카 인디언들은 자연을 이 세계의 일부로, 인간도 그 자연 안의 일부로 생각했습니다. 그들에게는 돌도 나무도 다 친구였고 동지였고 이 땅과 공기, 하늘을 함께 쓰는 같은 층위의 생명체였지요. 그래서 나무 한 그루를 벨 때도 인간의 친척인 나무의 영혼을 위해 기도했고, 생존을 위해 사냥할 때도 죽어가는 동물의 영혼을 위해 진심으로 기도했지요.

체로키족의 말은 우리가 쓸모없다고 뽑아버리는 잡초에 대한 새로운 시각을 열어줍니다. 식물에도 동물에도 등급을 매겨 상품성으로 평가하는 인간입니다. 무엇이 그리 만들었나요. 그 결과는 어떤가요. 지금 우리가 목도하는 환경 위기는 인간의 관점에서 유용함을 절대적인 가치로 내세워서 자연을 무지막지하게 파괴하고 모든 존재를 계층화하고 상품화한 결과입니다. 이에 반해, 인디언들은 이 세계의 존재들을 함께 아우르는 생태적인 사유 안에서 살았습니다. 낯선 백인들도 형제들로 보았기에 수확을 나누어주고 생존 방식을 알려주고 땅도 나누어주었지요. 그 결과가 종족의 참혹한 멸망으로 돌아왔지만, 땅과의 연결과 공존을 강조하는 그들의 정신은 오늘날에도 여전히 삶의 지혜로 울립니다.

여섯 번째
달의 말

얼마 전 강원도 홍천의 민둥산 사진을 보았습니다. 대규모 싹쓸이 벌목을 한 현장이었어요. 충격적인 그 사진이 나간 후 사유지 경제림의 벌목을 둘러싸고 임업계와 환경단체, 정부 사이에 많은 논의가 있었다고 들었습니다. 나무를 생명으로 보는 시선은 나무를 경제적 수단으로 보는 시선과 배치될 수도 있을 것 같아요. 그렇지만 앞으로 기후변화로 더 급격히 변할 이 세계에서 탄소중립과 환경문제를 논할 때는 나무를 돈벌이 여부로 무작위로 베어버리기보다 생명을 가진 존재로 보는 세심한 시선이 필요하다 싶습니다. 지구 위 말 못 하는 풀 한 포기, 나무 한 그루보다 못한 삶을 살고 있지 않은지 종종 돌아보는 저로서는 사진 속 그 슬픔이 쉽게 가시지 않았습니다.

2020년에 노벨문학상을 탄 미국의 시인 루이즈 글릭Louise Glück의 시가 생각납니다. '개기장풀Switchgrass'이라는 잡초에 대해 시인은 이렇게 말했지요. "살아남기 위해 당신의 찬사는 필요없습니다 / 내가 여기 먼저 있었으니, // (…) 내가 그 들판을 만들 것입니다." 이는 무용하다 여겨져 뽑히고 죽어간 모든 존재가 우리에게 외치는 당찬 목소리입니다.

◐❱ 일곱 번째 달의 말

○　풀 베는 달
호박이 무르익고 콩을
　먹을 수 있는 달
산딸기 익어가는 달
옥수수 익는 달
여름 달
오리가 털갈이하는 달
열매가 빛을 저장하는 달
연어의 달
어린 독수리가 나는 달
사슴이 뿔을 가는 달
조금 거두는 달
천막 안에 앉아 있을 수
　없는 달
옥수수 튀기는 달
연어가 떼를 지어 강으로
　올라오는 달
열매에 나뭇가지가
　부러지는 달

아이들 방학 시중들다가
　엄마들 한숨 소리가 느는 달
에어컨 실외기 소음이
　매미 소리인가 잠 못 드는 달
위로가 필요한 이들에게
　파도로 달려가는 달
매미들의 합창이 시작되는 달
소나기가 많이 오는 달
세탁기 두 번 돌리는 달
해를 피해 그늘을 찾는 달
빗소리 교향악을 제일
　많이 듣는 달
산과 바다가 그리워지는 달
전기요금 걱정하는 달
풀벌레 소리들이 합창하는 달
뭉게구름이 피어오르는 달

일곱 번째 달, 저로서는 방학이 시작되니 제일 좋은 달이지만 "아이들 방학 시중들다가 엄마들 한숨 소리가 느는 달"이라고 누가 말하니 교실 반대편에서 큰 소리로 "진짜 그래요" 추임새가 들립니다. 그렇죠. 그분이 바로 '세탁기 두 번 돌리는 달'이라는 이야기를 하시면서 "우린 다섯 식구예요, 애가 셋이라 빨래가 많이 나와요" 하시니 막 은퇴를 하신 분이 "아이고, 한창 힘들겠다" 하십니다. 계절 감각 속에서 이름을 짓는 일이 생활의 감각을 함께 나누면서 서로 위로하고 공감하는 따뜻한 일이 되었어요, 어느새. '위로가 필요한 이들에게 파도로 달려가는 달'이란 이름을 주신 분은 이해인 수녀님의 책 『사랑은 외로운 투쟁』을 읽다가 거기서 힌트를 얻으셨다고 해요.

'전기요금 걱정하는 달' '에어컨 실외기 소음이 매미 소리인가 잠 못 드는 달'이란 이름도 생활의 감각이 그대로 묻어나지요. 해를 피해 그늘을 찾고 '산과 바다가 그리워지는 달' 7월, 아메리카 인디언들에게 7월은 '연어가 떼를 지어 강으로 올라오는 달'이고 '열매에 나뭇가지가 부러지는 달'이라고 해요. 호박도 콩도 익어가고, 각종 딸기나 베리류도 익어가고요. 풍성함이 절로 떠오르는 축복받은 계절. 조금씩 거두면서 여름이 깊어가는 날들.

저는 7월을 그냥 '반짝이는 달'이라고 부르고 싶어요. 투명하고 쨍한 여름 햇살을 오래 기억하고 싶거든요. 그리고 실제로, 방학 덕분에 기분이 한껏 반짝이는 달이기도 하고요. 방학에 시달리는 어머님들께는 죄송하지만요. 햇살 맑은 날, 이불을 빨아 옥상에 널면서 이불처럼 저도 햇살에 보송보송 말리고 싶다는 생각이 드는 달. 열매가 빛을 저장하듯, 저도 햇살을 몸에 가득 담아서 조금씩 잘 익어가고 싶은 달. 7월의 기억들을 갈무리해봅니다.

치유와 기다림

마지막 나무가 사라지고 난 뒤에야

마지막 강물이 더럽혀진 뒤에야

마지막 물고기가 잡힌 뒤에야

비로소 그대들은 깨닫게 되리라.

사람이 돈을 먹고 살 수 없다는 것을.

_크리Cree족의 글

　사람은 무엇으로 사는 걸까요? 우리는 무얼 바라고 사는 걸까요? 인간의 한 생에서 무엇이 가장 절박한 문제일까요? 40분에 한 사람씩 스스로 목숨을 끊는 우리나라에서 이 질문을 해봅니다. 지난 10여 년간 경제협력개발기구 OECD 회원국 가운데 자살률이 2018년을 빼고는 계속 1위를 기록했다고 하는데, 가슴 아픈 소식 뒤에는 대개 생활고, 외로움, 우울증이라는 문제가 어떤 무서운 질병 선고보다 더 가혹하게 자리합니다. 어려움을 겪는 사람은 그 상황에 갇히고, 밖에 있는 우리는 잠깐 위로하다가 다시 저마다의 고민과 갈등과 씨름과 망각으로 들어갑니다.

　　　우울증에 걸린 젊은이들과 이야기를 나누다보면 대개 좋았던 옛 시절을 많이 이야기합니다. 황폐하게 변해버린 지금 모습을 떨쳐내지 못하고 "예전에는 안 그랬는데 지금 이렇게 변해버렸어요. 이런 저를 받아들일 수 없어요"라는 말을 하곤 합니다. 그 자책 앞에서 위로의 말이 잘 나오지 않아요. 다만 힘든 시간이 계속되지는 않으리란 건 분명하기에 이 어려움을 잘 견뎌야 한다고 당부하지만, 헤어질 때도 마음은 참 무겁습니다. 마음의 병이 된 상처를 치유하는 것이 쉽지 않으니까요.

　　　얼마 전 강릉에 갔다가 양양 낙산사에 들렀습니다. 화마가 할퀴고 간 자리에 푸른 나무가 다시 들어선 모습을 보면서 자연의 치유력 앞에 새삼 마음을 여몄지요. 그러고 보니 마음이 유난히 힘들 때는 무조건 더 잘하려고 안간힘을 쏟지 말고 잠시 멈추고, 조금 걷고, 내 안에 깃든 본래의 생명력이 복원되도록 기다리는 것, 그 인내가 중요하다 싶습니다.

　　　그 인내를 가장 잘 가르쳐주는 게 자연입니다. 인간이 성급하게 눈앞의 이익만 보고 달릴 때, 자연은 기다리라고, 참고 인내하라고 말합니다. 불탄 자리에 다시 초록이 깃들고 꽃이 핀다는 걸, 기다리면 회복한다는 걸 자연은 보여줍니다. 그런데 우리는 사라지는 나무를, 더럽혀진 강을, 사라지는 물고기를 살피지 않지요. 헤매는 아이를 기다려주지 않고 자주 다그칩니다. 눈앞의 이익과 속도와 경쟁에 길들여져 어린 물고기를 모조리 잡아들이고, 나무를 무자비하게 쓰러뜨리고 또 힘든 청춘의 방황도 참지 못하고 모진 말로 다그칩니다. 모두 인간의 일입니다.

그 먼 옛날, 크리족 인디언이 이런 말을 할 때는 지구가 아직 덜 오염되었던 때 같은데, 어쩌면 이렇게 정확하고도 서늘하게 문명의 종말을 예언했던 걸까요? 저마다 다투어 좇아온 발전이라는 환상이 얼마나 위험한 것인지, 개발이라는 대의명분이 이 대지를 얼마나 무참히 파괴할 것인지 인디언들은 어찌 이리 정확하게 예감했던 걸까요? 사람이건 공동체건 땅이건, 생산력과 경제적인 이익을 앞세워 빨리빨리 서둘러 소모하기만 하면 결국 아무것도 남게 되지 않으리란 것을 크리족 인디언의 말은 알려줍니다. 나무에게도, 강물에게도, 물고기에게도 우리에게도, 묵직한 기다림의 시간이 필요합니다. 그 시간을 주지 않고 상처를 서둘러 메꾸고 봉하며 무참히 속도전만 벌이다보면 끝없는 소모 끝에 결국 아무것도 남지 않게 됩니다.

기다림이 물론 쉽지는 않습니다. 좋은 일이든 나쁜 일이든 다 지나가는데, 지금 우리가 지나는 시간이 고통이라면 더욱, 이 고통은 다 지나간다는 걸 꼭 새기면 좋겠습니다. 또 기쁨이나 영광의 순간이 영원하지 않다는 걸 안다면 좋은 일에도 너무 우쭐대지 않고 스스로를 돌아볼 수 있겠지요. 설익은 모습으로 성과를 누리는 대신 내 안에 깃든 생명의 뿌리를 차분히 바라볼 수 있겠지요. 가파르게 질주하여 죽음으로 몰아가는 이 미친 세상의 속도에서 조금 멀리 떨어질 수 있겠지요.

우리가 이 대지의 일부이기에, 자연이 품은 힘을 가만히 생각할 수 있는 인내와 용기와 기다림을 달라고 청하는 여름 한낮입니다. 절망은 가장 무성한 푸름 속에도 있고 환한 빛 속에서도 죽음을 만듭니다. 적극적인 치료행위 못지않게 가만히 내버려두는 인내 또한 치유에서 꼭 필요하다는 것, 강인한 그 힘이 우리 안에 더디지만 자라길 기다립니다.

하루치의 삶

괴로워 도망치고 싶은 순간도
생에 필요한 과정이라는 것을
한참이 지나면 깨달을 수 있다.
생은 난처한 사건의 연속이라는
오래된 가르침을 기억하라.

— 호피족의 말

먼 나라, 6개월. 여정을 마치고 집에 돌아왔을 때였습니다. 집. 집은 얼마나 좋은 말인지요. 공항에 내리니 육군 장병들이 검역에 필요한 절차를 단계별로 안내해줍니다. 제가 떠나온 땅에서는 확진자가 몇만 명이 넘어도 마스크를 쓰지 않고 활보하는 이들이 많았는데, 발열 체크부터 시작하여 필요한 절차에 따라 방역 조치를 차근차근 실행하는 우리 땅에 들어서니 '아, 이젠 아파도 괜찮겠다' 안심이 되었어요. 우리나라, 우리 집이니까요.

제게는 13년 만의 안식년이라 새로운 곳에서 하고 싶은 것도 많았고 가고 싶은 곳도 참 많았지요. 예상치 못한 재난을 만나 계획과 다르게 보낸 시간을 돌아봅니다. 처음에는 당혹스러웠지요. 하지만 지금 와 생각하니 제게 딱 맞춤으로 필요한 과정이었다 싶습니다. 난처한 사건들로 점철된 지난 여러 달의 시간은 글로 풀어내려면 제법 시간이 걸릴 것 같지만, 제게 꼭 필요한 '쉼'을 선사한 귀한 기회였으니까요.

주로 책을 읽고 걷고 글을 정리하며 보낸 시간인데요. '이 길의 끝에 무엇이 있는지 두 눈으로 환히 보리라'는 결심은 자주 흔들리기도 했어요. 생은 난처한 사건의 연속이지만 도망치고 싶은 그 난처함이 실은 저를 위해 꼭 필요한 일이었네요. 입국 뒤 코로나 검사에서 음성 판정을 받아 마음이 개운해서 하는 말은 아닐 거예요. 불안을 극복하는 방법, 슬기롭게 인내하는 방법, 말 대신 침묵하는 시간이 가져다준 지혜, 지난 시간의 그 모든 난처함에 축복과 감사의 인사를 보냅니다.

결국 주어진 시간을 사는 법도 하루하루 예상치 못한 사건이나 재난을 무던하고 슬기롭게 받아넘기는 지혜, 난처함을 견디는 자세에 있음을 절감합니다. 각자의 절망과 슬픔과 우울과 불안을 익숙한 가르침 안에서 잘 삭여서 하루치의 또 다른 희망을 만드는 일. 하루치의 삶을 착실하게 살

아낸다면 긴 생의 자락에서 한 부분을 어떤 색깔로 채우며
나아가게 되겠지요. 떠나온 땅에도, 저를 기다리고 있던 땅
에도 고마운 인사를 하는 저녁입니다.

아름다움과 함께,
나는 걷는다

내 앞에 있는 아름다움과 함께, 나는 걷는다.

내 뒤에 있는 아름다움과 함께, 나는 걷는다.

내 아래 있는 아름다움과 함께, 나는 걷는다.

내 위에 있는 아름다움과 함께, 나는 걷는다.

내 주변에 있는 아름다움과 함께, 나는 걷는다.

아름다움 속에서 끝이 난다.

아름다움 속에서 끝이 난다.

　　_나바호족의 노래

　　모처럼 막내 고모를 만났습니다. 고모는 얼마 전에 빈혈로 쓰러지시는 바람에 얼굴의 뼈가 부서지는 큰 사고를 당했습니다. 어려운 수술과 길고 지루한 병원 생활 끝에 이제 회복되어 다시 학생들 앞에 서신다고 합니다. 늘 생글생글 웃는 고모는 이제 더 많이 웃습니다. "여유를 가지고 즐겁고 기쁘게 살자. 인생 별거 없더라. 하루를 살아도 기쁘게"

하시네요.

고모를 만나고 돌아오는 길, 잘 웃는 얼굴을 하고서도 마음속에 이런저런 고민들 싸안고 있던 저의 시간을 돌아봅니다. 살면서 만나는 하루하루의 일들이 늘 '좋은 게 좋은 것'대로 해결되지는 않습니다. 냉정한 비판과 건강한 비평, 새로운 도전과 반성이 필요합니다. 그래도 적어도 무책임한 투덜이는 되지 말아야겠다, 자주 다짐합니다. 문제가 있으면 바꾸고자 하는 노력과 의지가 필요한데, 그걸 밝은 에너지로 잘 만들어가야겠다 다짐합니다.

주변의 환경에 맞추어 살아가는 방법을 택했던 아메리카 인디언은 힘든 환경이나 사건 사고를 두고 투덜거리지 않았습니다. 늘 아름다움을 발견하고, 그 아름다움을 순간순간 느끼려고 했지요. 세상은 우리가 바라보는 그대로 우리에게 삶을 돌려줍니다. 이 세상이, 삶이 가치 없다 여기면 모든 일이 쓸모없이 여겨질 것이고, 아무리 힘든 일이 있어도 이 세상이, 삶이 가치 있고 소중하다 생각한다면, 주변의 작은 것들도 아름답게 느껴지겠지요.

큰 사고 앞에서도 "하루를 살아도 기쁘게"라고 말씀하시는 막내 고모를 보니, 어쩌면 몸이 부서지는 큰 고비를 겪었기에 작은 기쁨에 눈을 더 환하게 뜨는 지혜를 얻으시지 않았나 싶습니다. 앞에도 뒤에도 위에도 아래에도, 나를 둘러싼 온 사방에서 아름다움을 발견하면서 걷는 인디언

일곱 번째
달의 말

도, 어쩌면 앞에도 뒤에도 위에도 아래에도 온 사방에 크고 작은 위험이 있다는 걸 알았기에 그런 지혜를 안고 가지 않았을까 싶어요. 그러니 생의 신비는 지금 나를 괴롭히는 일들, 지금 우리 사회의 곪은 자리들 위에서, 바로 거기서 고마운 인연, 아름다운 시선, 기적 같은 순간들이 탄생한다는 데 있지 않을까요.

매일 어떤 습관, 어떤 생각으로 하루를 여는지 다시 다잡아 물어봅니다. 어제의 불안과 분노를 싹 잠재우고 지금의 고민을 일거에 해결해주는 신비한 묘약은 없어요. 그러나 오늘 새롭게 우리에게 주어진 시간이 있고, 그 속에서 매일 새롭게 만들어나갈 나의 몸, 나의 생각, 나의 세계, 우리의 세계가 있다는 게 얼마나 다행인지요. 새로운 습관으로 매일을 새롭게 하며 이 여름날, 부디 강건하시길 빕니다.

●)) 여덟 번째 달의 말

○ 풀 베는 달
옥수수 먹을 수 있는 달
버찌가 검어지는 달
과일이 끝나는 달
열매를 따서 말리는 달
새끼 오리가 날기 시작하는 달
삼나무 껍질을 벗겨
  모자와 바구니를 만드는 달
즐거움이 넘치는 달
여름의 끝 달
노란 이파리들의 달
상큼하니 기분 좋은 달
노란 꽃의 달
옥수수가 은빛 물결을
  이루는 달
깃털 떨어지는 달
자두의 달
다른 모든 것을 잊게 하는 달
거위가 깃털 가는 달
개의 달

달맞이꽃이 피는 달
견우와 직녀가 만나는 달
찬물로 샤워하는 달
원두막에서 참새 쫓는 달
원두막에서 참외 깎아
  먹으며 방학 숙제하는 달
완두콩과 감자를 삶아 먹는 달
냉장고가 복잡한 달
폭풍우 치는 바다 풍경이
  좋은 달
큰물 지는 달
반팔 입지만 긴 옷이 꼭
  필요한 달
반전이 있는 달
팥빙수 많이 먹는 달
밥 대신 팥빙수 먹는 달
호박잎쌈이 맛있는 달
산과 바다에서 별을 바라보며
  나도 별이 되는 달

원두막에서 참새 쫓는 달이라고 8월의 이름을 지어주신 분이 어릴 적 얘기를 해주셨어요. "우리 자랄 때는 양식 걱정해서 원두막에서 참새 쫓던 기억이 나는데 방학이 참 지겨웠어." 여름 방학 끝자락에 이르면 급하게 방학 숙제하면서 괜히 빨리 학교에 가고 싶어 날짜를 세던 기억은 없으신가요. 저는 여름방학에 많이 뛰어놀아서, 늘 얼굴이 새까맣게 타곤 했어요. 달맞이꽃이 여름에 피는지 처음 알았고요.

감각은 깨울수록 깨어나는 것이라, 까맣게 잊은 줄 알았던 계절 감각과 생생한 말의 힘이 이렇게 다시 살아나는 게 신기해서 우리 식으로 달 이름을 지으면서 매 수업에 더 신이 났던 것 같습니다. '반전이 있는 달'이란 이름을 붙이신 분은 "난 이상하게 죽을 것 같다가 8월 되면 살 것 같아" 혼잣말을 하십니다. 포옥 한숨 쉬면서요. 앞에 앉은 분이 뒤를 돌아보며 "우울증 아니에요? 나이 들면 우울증 와. 괜히 다 부질없고 그래" 하시네요.

호박잎쌈, 팥빙수, 완두콩, 감자, 참외……. 이 군침 도는 이름들처럼 인디언들에게도 8월은 풍성하기 그지없는 달이네요. 자두, 옥수수, 버찌, 모든 열매를 따서 말리는 건 여름 지나고 메말라가는 계절 속에서 긴 겨울나기를 대비하려는 것이겠지요. 새끼 오리가 날고, 즐거움이 넘치는 달, 역시 8월은 자연이 우리에게 이것저것 가장 풍성하게 주는 달인 것 같아요.

그렇게나 넘치는 기쁨 속에서 다른 모든 것을 잊게 되는 걸까요? '다른 모든 것을 잊게 하는 달'이란 이름에서 부족함 없는 충족감과 소슬한 그리움을 느끼며, 이 사이에서 잠시 저는 말을 잊습니다.

8월은 여러모로 축복입니다. 아무리 힘이 들어도 햇살 속에서 살아야겠다 싶은 생각을 하게 하는 달. 여름 아침의 그 기운 속에서라면 어떤 어려운 시절에도 두 발 굳게 서야겠다는 생각을 할 것만 같은…… 올여름은 저 성성한 기운을 느낄 수 있을지…… 어떨지…… 설레는 마음으로 기다리는 8월입니다.

우리는 언어를 한다

우리는 죽는다. 그것이 삶의 의미일 것이다.

하지만 우리는 언어를 한다.

그것이 아마 우리 생애의 척도가 될 것이다.

_토니 모리슨, 노벨문학상 수상 연설(1993)에서

이맘때쯤이면 몇 해 전 88세를 일기로 세상을 떠난 토니 모리슨을 생각하곤 합니다. 아프리카계 미국인 여성으로 노벨문학상을 탄 소설가 토니 모리슨1931~2019은 수많은 글과 말을 남겼는데, 그중 이 말은 제가 힘들 때 글을 쓰면서 늘 마음에 새기던 말입니다.

죽음이 삶이 다다르는 종착점이라면, 그리하여 죽음이 삶을 완성하는 것이라면, 죽음을 생각함으로써 우리는 살아가는 날의 소중한 가치를 매 순간 일깨울 수 있습니다. 죽는다는 걸 통해 삶의 의미를 가늠하는 거지요. 어쩔 수 없는 생의 유한함, 필멸의 운명은 많은 인간을 좌절하게 합니다. 하지만 토니 모리슨이 말했듯, 우리에게는 언어가 있습니다. 언어가 있어서 우리는 유한을 무한으로, 단독자라는 고립된 주체를 복수의 주체로 확장할 수 있습니다.

　　　여기서 저는 "언어를 한다"는 문장에 쓰인 동사 'do'에 주목합니다. 언어를 말한다, 쓴다라고 하지 않고, 왜 굳이 '하다'라는 동사를 골랐을까요? 단어의 쓰임새에 누구보다 예민했을 이 위대한 소설가가. '하다'라는 동사는 함의하는 바가 많은데, 쓰고 읽고 말하는 것을 포괄하는 동시에 가장 핵심적으로 행위의 능동성을 말해줍니다. 시인 김혜순도 시를 '쓴다'라고 하지 않고 시를 '한다'라고 이야기한 바 있지요.

　　　우리는 어떤 언어를 하고 있는지요? 어떤 언어를 하는가에 따라 우리의 정체가 드러나고 삶의 척도가 만들어집니다. 언어의 능동적인 행위성을 생각하다보니, 여러 해 전 세간을 떠들썩하게 달군 어떤 사건이 스치듯 떠오릅니다. 최고 학부를 나와서 정치의 최일선에서 화려하게 살아가는 어떤 정치인이 "우리 일본"이라고 말했어요. 그 말을 '한' 직후, 언론과 정치인들은 그의 친일 본색이 나타났다며 비판하자 그는 "우리라는 표현은 단순한 습관"이라고 변명을 했지요. 자위대 행사까지 참석한 이력이 있는 정치인이기에 단순한 말실수인지 의문입니다. 무엇보다 습관적인 말에 드러나는 무의식이 더 중요하다 싶어 저 또한 기분이 좋지는 않았습니다. 제게 '우리'는 참 다정한 말이거든요. 그 다정한 말을 '일본'에 붙였으니, 그의 무의식 속에 일본에 가까운 마음이 들어 있다는 건 부인할 수 없을 것 같아요. 습관이라면 더더욱 그럴 테지요.

그날 오후, 동네를 산책하다가 제가 단골로 들르는 야채 가게의 간판을 마주했습니다. 마을버스 종점에 자리한 작고 허름한 가게. 족히 30년은 넘었을 그 가게의 낡은 간판엔 '우리 상회'라는, 이젠 페인트도 벗겨진 희미한 글씨가 삐뚤삐뚤 써 있습니다. 매일 그 가게를 지키는 아주머니는 참 다정하셔서 하나를 사도 늘 뭔가를 덤으로 얹어주십니다. 가게를 지날 때마다 '우리 상회'라는 이름의 간판을 걸었을 날, 첫 마음을 생각하곤 합니다. 긴 세월 흘러 그곳을 지나는 저의 시선도 더욱 다정해지는 순간입니다. '우리'는 나를 포함하는 1인칭이면서 친밀한 관계를 포괄하는 다정한 우리말. 우리, 지금 어떤 말을 하고 또 듣고 있나요? 어떤 말로 이 세계를 더 낫게 만들어갈 꿈을 품고 있나요?

하늘을 보는 일

생의 길이 가로막혔다고 느껴질 때면

고개를 들어

하늘을

올려다보며

너 자신의 노래를 불러라.

　—누트카족의 말

　저는 사진을 즐겨 찍습니다. 사진을 찍다보면 평소에는 그냥 무심히 지나치던 일상의 평범한 사물들이 새로운 각도로 눈에 들어오곤 합니다. 사물들과의 새로운 만남은 매일 반복되는 일상에 신선한 숨결을 불어넣습니다.

　하루에도 셀 수 없이 많은 사진을 찍지만 제가 가장 많이 찍는 풍경은 하늘입니다. 하늘을 자주 올려다보는 저는 하루에도 수십 번, 다른 모양, 다른 표정, 다른 색의 하늘을 만납니다. 하늘을 바라보는 일은 지금 이곳의 현실에서 잠시 벗어나 다른 세상을 염원하는 일입니다. 물론 실제로 현실을 벗어날 수는 없습니다. 우리 두 발은 땅에 딛고, 몸과 마음은 지금 여기의 일에 늘 매여 있습니다.

하지만 하늘을 올려다보면 탈출구 없이 도돌이표처럼 돌아가는 일상에서 다른 숨을 쉴 수 있습니다. 하늘에는 그리운 얼굴도 있고, 갈 수 없는 먼 나라도 있고, 이루지 못한 꿈도 있고, 그곳을 향해 드러내지 못하는 원망도 뱉을 수 있고, 혼자 노래도 부를 수 있습니다. 하늘은 그렇게 너그러운 쉼터, 모든 걸 다 받아주는 품, 제한 없는 가능성의 공간입니다.

아메리카 인디언 할머니가 저와 똑같은 생각을 하셨다고 하네요. 더구나 이분은 앞을 보지 못하셨다고 해요. 뭔가 막혔다고 느낄 때 하늘을 올려다보며 너의 노래를 부르라고 하는데, 앞을 못 보시면서도 눈을 뜨고 있는 우리보다 더 밝은 혜안을 가지셨다 싶어요.

다른 사람과 같은 속도로 걸을 필요 없습니다. 다른 사람과 같은 길을 걸을 필요도 없습니다. 하늘을 올려다보면 그 하늘이 전부 나의 염원, 나의 그리움, 나의 꿈, 나의 시공간이고 아무런 한계 없는 미지의 터 그대로 나입니다.

이번 주에 비가 많이 내렸습니다. 강은 넘실대고 땅은 젖고 마음도 젖어 있던 차에, 서울 아파트값은 천정부지로 올랐다고 다들 떠드는데, 그것도 먼 얘기. 조촐한 동네,

산언덕에 자리한 우리 집에는 이번 여름 장마에 비가 새어 주방 천장을 뜯어냈습니다. 잠시 비 그친 틈에 하늘을 올려다봅니다. 거기 아무도 모를 소망 한 자락 새겨 넣는 여름 오후. 나는 나의 노래를 부르는 중입니다.

오늘 하루 확실한 것

내가 보기에 당신들 삶에는

확실한 게 하나도 없다.

바람에 흩날리는 나뭇잎들을 쫓듯

당신들은 부와 권력을 따라 뛰어다닌다.

그러나 손에 움켜잡는 순간

그것들은 다 힘없이 부서진다.

―쇼니족 전사 '푸른 윗도리'의 말

　　오늘 하루 확실한 것. 오후 5시에 노란 햇살이 공
부방 창가에 오래 머물렀다는 것. 오늘 하루 확실한 것. 두
번의 통화, 밥 잘 챙겨 먹으라며, 건강을 염려하는 다정한
사랑의 말. 오늘 하루 확실한 것. 연필 두 자루 깎아서 원고
수정할 때 부드럽게 썼다는 것. 오늘 하루 확실한 것. 책상
에 앉아 어느 외국 시인의 시를 읽으며 영어에서 한글로 옮
겼다는 것. 입 끝에 맴도는 우리 시를 영어로 옮겼다는 것.

책상 앞에는 모닝글로리 노란 연필깎이가 입을 벌리고 있었다는 것.

　　　오늘 하루 확실한 것. 높아진 하늘에서 구름이 예뻤다는 것, 공부방 창가 너머 커다란 은행나무가 푸른 이파리를 넘실거리며 머물다 가는 바람을 보여주었다는 것. 오늘 하루 확실한 것. 괜찮다는 친구의 전화. 많이 좋아졌다는 말. 오늘 하루 확실한 것. 식탁에 꽂아둔 흰 장미가 물을 흠뻑 빨아들여 하루를 싱싱하게 지탱했다는 것.

　　　오늘 하루 확실한 것을 나열해봅니다. 누군가에게는 시시해 보이는 목록일 텐데 제게는 제가 살던 여름의 하루를 잘 보여주는 소소하지만 귀한 기억인 것 같아요. 이렇게 오늘 하루를 챙겨본 것은 순전히 아메리카 인디언의 말 때문입니다. 쇼니족 전사 '푸른 윗도리'는 문명인들의 삶에 확실한 것이 하나도 없다고 합니다.

　　　쇼니족은 오하이오주 등 주로 메릴랜드 서부 지역에 살던 인디언인데, 쇼니어 'shawan'이 '날씨가 온화한'이란 뜻을 품고 있다네요. 지금은 여기저기 흩어져서 보호 구역에서 간신히 살아가지만 이들이 들려주는 지혜, 문명인들이 좇는 가치를 바라보는 시선은 참으로 따끔합니다. 물론 이 삶이 아무 의미 없다는 이야기는 아니겠지요. 인디언들의 지혜가 되풀이해 강조하는 것은, 지금 우리가 이 세계에서 허겁지겁 애써 좇고 있는 것이 실상은 오래가지 않으리란 것. 다들 갖고 싶어 하는 돈이나 권력도 금방 부서진다는 것.
생각해보면 그 부와 권력이 사람을 얼마나 허망하게 바스라
지게 하는지요.

　　　세상이 강조하는 것들이라 하여 우리를 꼭 구원하
는 힘이 있지는 않다는 거지요. 영혼도 자존심도 다 던지게
하는 돈과 권력을 움켜쥐려고 스스로를 망치지 말고 나 자
신, 오늘 하루의 시간과 정직하게 만나도록 마음을 가만히
행구는 여름 하루입니다.

여덟 번째
달의 말

●▶〉 아홉 번째 달의 말

○ 옥수수 거두는 달
쌀밥 먹는 달
풀이 마르는 달
노란 이파리의 달
검은 나비의 달
시원한 달
흰 기러기의 달
어린 밤 따는 달
얼음의 달
엄청 많이 거두는 달
수확 후의 달
도토리묵 해 먹는 달
잎이 지는 달
검지손가락 달
춤추는 달
갈색 이파리의 달
다 거두는 달
아주 기분 좋은 달
작은 도토리밤 달
사슴이 땅을 파는 달
도토리의 달

하늘이 높아지는 달
보름달 먹고 손자들이 만드는
　사랑의 송편을 먹는 달
여물어가는 소리가
　들리는 달
귀뚜라미가 슬피 우는 달
사과가 빨갛게 익는 달
남자들의 긴팔 셔츠가
　상큼한 달
벼베기 할 때 새참 먹는 달
옷 정리하는 달
피부에 와닿는 바람의
　느낌이 참 좋은 달
학기 시작하는 달, 싫은 달
대추가 붉게 익어가는 달
추석 명절로 민족 대이동이
　있는 달

인디언들이 9월을 쌀밥 먹는 달로 부른다니, 다정하고 친근한 기억을 공유하는 가족 같습니다. 검은 나비가 날아다니는 대평원을 상상해봅니다. 도토리를 따다가 도토리묵을 쑤는 인디언, 사슴은 땅을 파고요. 인간은 기분 좋게 모든 것을 거두어들입니다. 어린 밤도 따고, 먼 북쪽 지역에선 벌써 얼음이 얼기 시작합니다.

우리에겐 추석이 있는 달. 하늘이 높아지고, 손자들이 만든 송편을 먹으며 보름달을 함께 먹습니다. 모두들 시의 마음이 점점 커져서 이젠 시적인 표현까지 동원하여 이름을 짓습니다. '남자들의 긴팔 셔츠가 상큼한 달' 9월. 오호, 그렇군요.

"귀뚜라미 울음이 왜 슬플까요? 그건 인간의 감정이입일까요?" 저는 짐짓 장난스런 질문도 던져봅니다. "지나간 여름이 아쉽고 추운 계절이 다가오니까 귀뚜라미도 슬프지 않을까요?"

'사과가 빨갛게 익는 달'이란 이름을 주신 분은 "잘 저장해둔 사과는 봄에 꺼낼 때도 향기가 무척 진해요" 하시네요. 분명히 사과 향기 진하게 나는 과수원 창고를 아는 분이라는 생각이 들었습니다. 저희 할아버지도 큰 과수원에서 사과를 키우셨어요. 오래된 사과나무에서 붉은 사과가 가지가 부러질 듯 달렸는데, 수확한 후에 사과 창고에 들어가면 향기가 참 좋았어요. 다락방에 올라 사과 향 맡으며 하늘을 보던 어린 날이 이 글을 쓰면서 어제인 듯 떠오릅니다.

우리는 한목소리로 "9월은 참 좋고 10월은 더 좋아요"라고 했는데, 여기서 인디언들과 한마음이 되었다 싶어요. 이렇게 자연이 주는 축복으로 가득한데, 인간이 내세우는 욕심들로 평화와 안정을 깊이 못 느끼고 지나는 가을. 제게 가을은 제일 바쁜 계절이라, 이 이름들을 통해 감각하는 계절이 새롭기도 하고 낯설기도 하고 그립기도 하고 그랬답니다. 과거를 미래로 불러 세우고 싶은 마음이 듭니다.

그러고 보니 오래된 미래를 끌고 오는 힘은 바로 인디언들의 이런 시선이고, 그런 시선을 나누는 우리도 어쩌면 그 힘을 조금은 체득하게 되지 않을지……. 기대가 헛되기보다 실감나는 것은 그들의 목소리가 우리의 목소리와 공명할 수 있으리라는 믿음 덕분일 거예요.

바람의 두 얼굴

당신들이 보다시피

인디언의 세계는 원 안에서 이루어진다.

세상의 힘이 늘 원의 형태로 작동하고

모든 것은 둥글게 되려고 애쓰기 때문이다.

먼 옛날 우리가 강하고 행복한 부족이었을 때,

스스로의 힘은 우리 부족국가의 신성한

원형 고리에서 나왔다.

그 원형 고리가 끊어지지 않는 한 우리 부족은 번성했다.

세상의 힘의 작용은 모두 원 안에서 이루어진다.

하늘은 둥글고 땅도 공처럼 둥글다고 한다.

별들도 마찬가지고 바람이 가장

큰 힘을 가지고 있을 때는

둥글게 빙빙 돌 때다. 새도 원 모양으로

둥지를 만든다.

__오글라라 라코타Oglala Lakota족 '검정 큰 사슴'의 말

아홉 번째
달의 말

이맘때면 가을 태풍으로 남쪽에선 벌써 비 피해를 입었다는 소식이 들려오곤 하지요. 여름 장마보다 가을 태풍이 더 무섭다더니, 멀리 나가려던 계획도 취소하면서 둥근 바람의 힘이 너무 크지 않기를 빌어봅니다. 모든 존재들의 조화로운 순환을 꿈꾸었던 인디언들의 세계에서 원형 고리는 신성한 힘의 원천이면서 창조와 파괴의 터입니다.

오글라라 라코타족 '검정 큰 사슴Black Elk'의 말. 오글라라 라코타족은 북미 대평원을 누비고 살던 수족의 한 부류를 말합니다. '수Sioux'는 프랑스인들이 붙여준 이름인데, 경멸적인 어조로 뱀을 뜻하는 말이라서 부족들은 그 이름을 좋아하지 않는다 해요. 부족민들 스스로는 다코타Dakota, 라코타, 혹은 나코타Nakota라고 불렀고, 라코타족 중에서도 오글라라족은 '붉은 구름과 성난 말의 부족'이라 하는데 라코타 언어로 '자신의 것을 흩뿌린다'라는 뜻이라고 하네요.

하늘도 땅도 별도 둥글다는 것, 신성한 힘이 그 원형에서 나온다는 인식, 그 고리 안에서 모든 존재들의 조화로운 화합을 꿈꾼 인디언들입니다. 우리가 잘 아는 원뿔형 인디언 천막 '티피teepee'도 라코타족의 단어지요. 한편 인디언은 원형의 힘이 빙글빙글 돌아갈 때, 그리고 도는 힘이 과하게 커질 때의 파괴력 또한 잘 알고 있었습니다. 생각해보면 조화와 파괴는 동전의 양면과도 같습니다. 가장 깊은 사랑이 가장 깊은 미움이 되고 가장 큰 희생과 선의가 가장 큰 원망의 씨앗이 되듯, 둥글고 조화로운 세계도 그 호흡이 가빠진다면 자칫 엄청난 파괴를 불러올 수 있습니다. 미풍이 둥글게 커져서 태풍이 되기도 하니까요. 둥근 힘이 넓고 너그럽게 작동할 때 이 세계에 가져오는 평화와 둥근 힘이 빠르고 무자비하게 작동할 때 이 세계에 가져오는 파괴, 두 가지를 이루는 힘은 같습니다.

생성과 파괴가 결국 같은 데서 나오는 에너지라면, 그 힘을 다스리는 통제력은 참 중요합니다. 세상 그 누구도 어떤 개인도, 조직도, 단체도, 스스로 속도를 제어하지 않으면 자기도 모르게 감당키 어려운 큰 파괴력을 만들어냅니다. 산들바람과 광풍은 결국 같은 바람이라는 것. 한 사회의 건강함 또한 둥글게 부는 바람이 제 속도를 이기지 못하고 기이한 광풍이 되기 전에 어떻게 잘 제어하는가에 달려 있겠지요. 평소 우리를 휘감는 비정상적인 광풍에 판단력 없이 쉽게 휘말려드는 건 아닌지, 내 마음 안에 부는 돌풍이 있는지 돌아봅니다.

누구도 다치게 하지 마라

아이들아,

생의 길을 여행하는 동안

누구도 해치지 말고,

누구도 슬프게 하지 말거라.

반대로, 누군가를 행복하게 할 수만 있다면

언제든 그렇게 하거라.

　_위네바고족의 말

　한 나무와 이별한 일에 대해서 써보려 합니다. 강원도에 아주 작은 오두막이 있는데 거기, 집보다 더 예쁜 나무가 있었습니다. 오랜 비로 낡은 집에 곰팡이 피었을 것 같아 잠시 가보니 그 나무가 뿌리째 없어진 거예요. 큰 그늘 드리우던 나무. 글쎄 앞집에서 마당 공사를 하면서 저희 집의 나무까지 '친절하게' 갈아엎은 것입니다. 너무 놀라고 슬퍼서 눈물이 났어요.

그런데 이미 지나간 일, 나무는 온데간데없지만 가끔 들르는 주말에나 보는 이웃이라 항의도 못 했습니다. 앞집은 또 앞집대로 공사하시는 분의 잘못으로 돌리고 있네요. 참 난감합니다.

아쉽고 아프고 미안합니다. 작별 인사도 못 하고 보낸 나무. 나무가 보여주던 그늘과 푸른 이파리의 살랑거림, 이 산골짜기에서 나무와 땅과 바람과 햇살과 풀과 시냇물 소리가 함께 만들던 완벽한 날들을 생각합니다. 불도저가 그 나무를, 그 평화를 싹 뽑아간 걸 생각하니 어이가 없어 눈물이 납니다.

울다가 생각하니, 상실이 이것 하나가 아닌데 이게 울 일인가 좀 민망합니다. 그래도 종일 사라진 나무를 생각하며 울다 말다 했습니다. 불도저로 밀어버린 사람의 손. 어찌 그리 둔감하고 무모한지요.

세상 만물에는 저마다 존재의 자리가 있습니다. 그 자리를 인간이 마음대로 할 수 없습니다. 아메리카 인디언은 나무를 자르기 전에 나무에게 담배를 바쳤다고 하지요. 미안한 마음을 표하는 의식으로요. 이 작은 오두막에서 큰 그늘 드리워주었던 나의 나무. 넘치는 행복을 주면서 생색도 없이 묵묵히 서 있던 나무. 작별도 못 하고 헤어진 나무를 생각하며, 개발과 발전의 이름으로 베인 수많은 나무들을 생각합니다.

인생의 여정에서 누구도 슬프게 하지 말고 누구도 다치게 하지 말라고 한 위네바고족의 당부. 누군가를 행복하게 할 수만 있다면 그렇게 하라는 당부를 자라는 아이들에게 하는 그 마음. 비단 사람만의 일이 아닐 것입니다. 풀과 나무와 동물에게도 해당되는 일. 나무 그늘 아래 평화를 공짜로 누렸던 저는 그의 빈자리를 보고서야 옛 행복을 자각하며 이글을 씁니다.

　　푸근한 그늘을 드리우는 사람이 되라, 이파리 떨구어도 상실감 없이 평온하고 넉넉한 사람이 되라, 제게 큰행복만 주고 떠나간 나무가 당부합니다. 그 나무에게 이 글을 바칩니다.

화살의 말

타인에 대한 냉소와 경멸은 편리한 도구지만

알고보면 자신에게 되돌아오는

날카로운 화살이다.

　＿테와푸에블로Tewa Pueblo족의 말

　　시를 공부하는 때문인지 단어의 원래 뜻을 늘 되새기는 습관이 있습니다. 내가 아는 뜻이 맞는가, 번역을 하면서 영어에도 한국어에도 늘 거리를 두고 다시 곰곰이 생각하는 버릇이에요. 그래서 이번에도 사전을 찾아보았어요. '냉소'는 쌀쌀한 태도로 비웃는다는 뜻이고 '경멸'은 깔보아 업신여긴다는 뜻입니다. 냉소와 경멸이 왜 나쁜가 생각해보니 옳고 그름에 대한 판단보다도 상대방을 나보다 더 낮게 보는 데서 비롯되는 감정과 행동이기 때문인 것 같아요.

　　누구나 어떤 사안에 대한 판단을 할 수 있습니다. 비판도 해야 하고요. 옳고 그름에 대한 판단과 비판은 건강한 관계, 건강한 사회로 나아가기 위해서 꼭 필요한 일입니다. 그런데 진심을 다하는 애정 어린 비판은 냉소와 경멸에 의지하지 않습니다. 냉소와 경멸은 상대를 낮추어 업신여기는 행위라서 건강한 비판이 될 수 없습니다. 너무 싫은 상대에게는 어쩔 수 없이 냉소와 경멸을 보내게 되는 우리지만, 그것이 결국에는 나에게 미칠 영향을 아메리카 인디언의 지혜로운 깨달음이 말해줍니다.

　　　우리 사회에 난무하는 너무 많은 냉소와 경멸과 혐오의 언어. 나를 높이고 상대를 낮추어본 오만에서 발생하는 이 모든 독화살이 결국에는 자기 자신에게로 돌아온다는 것. 여름 더위가 물러나고 새벽에는 쌀쌀함이 느껴지는 가을 초입에 인디언이 전하는 서늘한 진실을 마주합니다.

　　　테와푸에블로족은 푸에블로 인디언 중 테와 말을 쓰던 인디언인데 주로 산타페, 뉴멕시코주, 리오그란데강 근처에서 살았다 합니다. 푸에블로 인디언이 21개 부족이나 된다고 하는데, 그 이름은 1600년경 스페인 정복자들이 지은 것이라 해요. 부족이 옹기종기 모여 살고 있어서 '부락을 이루고 사는 사람들'이라는 뜻으로 붙였답니다.

　　　테와푸에블로가 어린아이들에게 전한 지혜를 오늘 저도 이어받아 기도합니다. 저의 말 또한 타인에 대한 냉소와 경멸을 담은 화살이 아니라, 건강하게 생명을 살리는 말이 되게 해달라고.

●❙❭ 열 번째 달·의 말·

○   풀과 흙에 하얀 서리가
　　　　내려앉는 달
　　이파리 떨어지는 달
　　큰 바람의 달
　　양쪽both sides이 만나는 달
　　줄무늬땅다람쥐가
　　　　뒤돌아보는 달
　　거두어들이는 달
　　변화하는 달
　　새들이 남쪽으로 날아가는 달
　　시냇가에 물이 얼기
　　　　시작하는 달
　　곰이 겨울잠에 들어가는 달
　　커다란 달
　　털이 길어지는 달
　　수확하는 달
　　추워서 견딜 수 없는 달
　　산이 불타는 달
　　내가 올 때까지 기다리라고
　　　　말하는 달
　　가난해지기 시작하는 달

갈대숲을 누군가와
　　걷고 싶은 달
국화꽃이 유난히 돋보이는 달
체육대회 하는 달
마음 편한 달
어디론가 떠나고 싶은 달
여행하는 달
안 먹어도 배부른 달
눈이 부신 달
곶감이 하늘까지 매달리는 달
사색의 달
하늘이 높아 보이는 달
새벽에 나가면 찬 이슬이
　　서리 되어 내리는 달
단풍이 곱게 물드는 달

열 번째 달에 아메리카 인디언들은 마음 바쁘고 분주했을 것 같아요. 들판의 곡식을 거두어들여서 수확하고 겨울 양식으로 갈무리를 해야 하니까요. 그런데 지금 여기의 우리 중 한 분은 '마음 편한 달'이라고 하시니, 제가 궁금해서 이유를 여쭈었어요. 돌아온 대답이 "행사가 없어서요". 가령 어린이날, 어버이날이 있는 5월에 비하면, 또 추석이 있는 9월에 비하면 10월은 비교적 잠잠한 달이지요. 저는 한 번도 생각해보지 않은 10월의 이름이었어요. 대학에서 10월은 너무 바쁜 달이거든요. 논문 심사도 해야 하고, 입시 준비도 해야 하고, 제게 10월은 '종종걸음으로 달리는 달'이랍니다.

'안 먹어도 배부른 달'이라는 이름을 주신 분은 "경치가 너무 아름다워서 눈이 부셔요" 하셨어요. 그러니 바로 뒤에서 "눈이 부신 달"이라고 또 새로운 이름이 탄생했지요. '곶감이 하늘까지 매달리는 달'이라는 예쁜 이름을 주신 분은 그 이름을 말씀하시자마자 "애기들 눈에는 그리 보여요"라고 친절히 설명해주셨어요. 대청마루에 예쁘게 깎은 곶감을 긴 실에 매달아 말리는 것도 늦가을의 일. '갈대숲을 누군가와 걷고 싶은 달'이

174

라는 이름은 남자분이 주셨는데 그분은 "가을은 남자의 계절이죠!" 하셨어요. 제가 장난기가 발동해서 "누구와 걷고 싶으세요?"라고 여쭈니 "그건 비밀이에요!" 하셨네요.

아메리카 인디언들의 열 번째 달 이름 중에 제가 제일 좋아하는 이름은 '내가 올 때까지 기다리라고 말하는 달'이랍니다. 내가 올 때까지 기다리라고 말해주는 사람이 있으신가요? 그 당당한 사무침. 어떻게든 돌아올 테니 기다리라는 그 말은, 다시 생각하면 절대 돌아오지 못할 먼 길에 나서는 사람의 마지막 당부 같기도 합니다.

21세기에도 전쟁이 끊이지 않고 계속되는데, 인간의 욕망이 낳은 그 재난을 무고한 보통의 인간은 운명인 듯 죽음을 각오하며 맞습니다. 지켜야 할 무엇을 위해 총을 드는 이들을 생각합니다. 어리석음도, 참혹도, 희망도, 기다림도 어제의 일이고 내일의 일이고 오늘의 일입니다.

더하기보다 빼는 관계

음식은 신성한 것이지만,

과식은 죄악이었다.

사랑은 좋은 것이지만,

탐욕은 사람을 망치는 것이었다.

_다코타족의 말

팬데믹 시절의 추석은 고요합니다. 양가 부모님
이 기다리시는 고향으로 내려가지 못하고 조촐한 아침을 맞
습니다. 허덕허덕 먼 길을 돌고 돌아 부모님들, 친척들을 만
나고 맛난 것 먹고 웃고 떠들던 날들이 그리워집니다. 복잡
한 기차역에 내려 무거운 짐 끌며 먼 길 다니던 때, 기다리는
이가 있고 찾아갈 곳이 있던 어제의 날들이 큰 행복이었음을
알겠습니다. 하지만 이처럼 이상한 고요 속에 맞이하는 추석
도 나름의 축복이려니, 감사한 마음으로 노랗게 물들어가는
집 뒤 은행나무를 한참 바라봅니다. 익어가는 것을 생각하는

계절입니다.

　　아메리카 인디언들은 조화와 균형을 중시했습니다. 종족 내의 지혜로운 이가 의견을 조율하지만 남녀노소 가리지 않고 고루 의견을 경청하였고, 이 세계의 질서와 어긋나지 않게 내 위치를 정하는 지혜도 잊지 않았습니다. 어떤 힘도 어떤 욕망도 모두 넘치지 않도록 적절한 수위로 유지하는 절제를 알고 있었습니다. 어쩌면 바로 그 점 때문에 무자비하게 밀고 들어오는 백인 문명에 자기 자리를 내줄 수밖에 없지 않았나 하는 생각을 가끔 합니다.

　　우리는 뭐든 쌓아놓고 살고 싶어 합니다. 부유하게 모자람 없이 살고 싶어 합니다. 음식도, 옷도, 사랑도, 물건도, 책도, 직위도, 관계마저도. 뺄 줄을 모르고 더하기만 하는 생입니다. 그런데 아메리카 인디언은 필요 이상으로 먹는 것도 죄악이고, 필요 이상으로 사랑하는 것도 죄악이라고 합니다. 음식은 신성한 것이고 사랑도 좋은 것임은 분명한데 말이지요.

　　음식이든 집이든 사랑이든 필요 이상으로 가진다면 그건 이 작은 지구에서 다른 이의 몫으로 마련된 것을 빼앗게 되는 거겠지요. 사랑 또한 마찬가지. 사랑이라는 이름으로 행해지는 많은 일들이 소유욕과 간섭, 지배욕과 폭력이 미화된 것들이기도 합니다. 보호와 관심 또한 마찬가지입니다. 넘치면 독이 되는 것들이 허다합니다. 재산이나 권력도 마찬가지고요. 좋다 생각하고 정신없이 좇다가 너무 넘쳐서 자신도 상대도 망치는 것들이 참 많습니다.

　　　　모두가 절제를 안다면 이 세계는 얼마나 더 평화로울까요. 망치지 않는 사랑, 죄악이 아닌 섭생, 더하기보다 빼는 관계, 나에게로 온 것보다 나에게서 보낼 것을 더 간추려 생각하는 가을 아침입니다.

보는 감각을 회복하기

대지가 네 말을 듣고 있고
하늘과 숲과 우거진 산이
너를 지켜보고 있다.
네가 이 사실을 믿는다면
너는 온전한 어른이 될 것이다.

—루이세뇨Luiseño족이 아이들에게

수업 중에 질문을 듣고 답을 나누고 있노라면 아이들이 저보다 더 어른스럽게 느껴질 때가 있습니다. 어른이 되는 일은 무엇일까요? 온전한 어른의 조건은 무엇일까요? 나이에 따른 생물학적 변화가 어른이 되는 것을 보장하지는 않습니다. 아이와 어른이란 말이 수직적인 발전 단계나 성장의 지표를 가리키는 말도 아니고요. 무늬만 어른인 인간들이 우리를 분노케 하고, 어른보다 더 성숙한 아이들이 우리를 경탄케 합니다.

아메리카 인디언에게 살아가는 일은 자기 존재의 오롯한 독립성에 기대는 것이 아니라 주변과 조화를 이루면서 다른 존재 안에서 자신을 호흡하는 일이었습니다. 캘리포니아 지역, 오늘날 로스앤젤레스 남쪽에서 샌디에이고에 이르는 지역, 특히 팔로마 아래에서 살았던 루이세뇨족이 아이들에게 가르친 것은 바로 그런 생명의 터, 생명의 조건, 그중에서도 믿음에 대한 것입니다.

"대지가 네 말을 듣고 있고 하늘과 숲과 우거진 산이 너를 지켜보고 있다." 우리 중 이 말을 믿는 사람이 얼마나 될까요? 내 존재를 다른 사람들뿐 아니라 대지와 하늘과 숲과 우거진 산이 지켜보고 있다면 우리는 어떻게 다르게 행동하게 될까요? 우리 중 온전히 어른이 된, 혹은 되어가는 사람이 얼마나 될까요? 인간이 이 세계를 착취하고 망쳐온 것은 바로 그 시선을 잊었기 때문이 아닐까요. 세계 안의 나, 세계에 기대어 사는 나의 존재 의미도 잊어버리고요. 내 뒤에 대지가, 하늘과, 숲과 우거진 산이 있다는 것을 아는 일. 든든하면서도 두렵고, 우리를 겸손하게 만드는 믿음입니다.

불안한 시절, 순한 믿음의 자리를 의심과 회의와 분노와 화에 내어주고 우린 평안을 잃어버렸습니다. 저 맑고 푸른 하늘이 나날이 선사하는 햇살을, 조락하는 잎들의 향연을 보지 못하고 지나칩니다. 강의를 하다가 '지금 햇살이 너무 아름다운데……' 저도 모르게 툭 튀어나온 말이었지만 아이들을 모두 저녁 창가로 데리고 가지는 못했습니다. 저녁 5시 16분. 우리는 저마다의 콘크리트에 둘러싸여 있었거든요. 보는 감각을 새로 회복하는 일이 곧 믿음입니다.

믿음은 자연에만 국한되지 않습니다. 예정된 날짜에 마무리되지 않은 일로 조바심치는 제게 날아든 두 단어. "글쎄다, 괜찮겠지." 이 또한 군건한 믿음의 말이기에 불안으로 오그라든 작은 마음을 펼 수 있었습니다.

우리는 무얼 믿고 있나요? 우리는 어떤 어른인가요? 아니, 어른이 되어가기나 하나요? 오늘도 그 질문과 함께 수많은 어른-아이들과 마주합니다.

할 수 없음을 아는 일

인간은 아무것도 만들지 못한다.

인간은 많은 것을 안다고 생각한다.

만물은 말한다. 창조주가 자신을 만들었다고.

만물은 말한다. 스스로를 만들 수 없다고.

인간은 나무 한 그루도 만들 수 없다.

—모히칸Mohican족 어느 청년의 글

어떤 것이 더 좋은 말일까요? '아무것도 만들지 못한다'는 말과 '모든 것을 만들 수 있다'. 그리고 또 이런 비교는 어떤가요. '아무것도 몰라'와 '나는 다 알아'. 얼핏 생각하면 부정보다는 긍정이 더 좋아 보입니다. 우리가 평생 훈련받아온 말은 '할 수 없어'보다는 '할 수 있어'이고 또 '하지 마'보다는 '해야 해'라는 긍정의 말, 가능성의 말일 것입니다.

긍정적이고 희망적인 저 또한 예외는 아닙니다.

늘 밝은 쪽, 좋은 쪽으로 생각해오는 습관 속에서 스스로를 더 많은 가능성에 기대어 다독이곤 합니다. 하지만 창밖으로 은행나무를 보다가 문득 놀랐습니다. '아, 나는 저 은행나무에 아무것도 해준 게 없구나.' 은행나무잎이 가지 끝에서 서서히 물들어가는 오늘 아침에 그 생각을 했지요.

머지않아 은행나무는 탐스런 노란 이파리들을 가득 품고 있다가 어느 가을 아침에 황홀하게 떨구겠지요. 그러고는 비바람 지나간 어느 겨울 아침 다시 맨몸으로 서겠지요. 은행나무에 아무것도 해준 것이 없다는 자각에 놀랐지만, 모히칸족 어느 청년은 저보다 더 빨리 철이 들어서, 인간은 나무 한 그루도 만들 수 없다는 뼈 있는 말을 일기장에 적습니다.

모히칸족은 앨곤퀸 부족에 속하는 원주민으로 뉴욕 허드슨강 상류, 캐츠킬 산맥에 살았답니다. 백인이 들여온 병인 천연두에 미국의 인디언들이 특히 취약했는데, 모히칸족도 천연두와 전쟁 등으로 그 숫자가 급감했지요. 미국의 소설가 제임스 페니모어 쿠퍼의 소설 『모히칸족의 최후』로도 유명해졌지요. 소설 때문에 모히칸족은 전멸한 줄 알고 계시는 분들이 많지만, 지금도 뉴욕과 매사추세츠주에서 이들은 작은 공동체를 유지하며 살고 있답니다.

인간은 나무 한 그루도 만들 수 없다는 모히칸 청년의 자각은 이 세계 안에서 우리 인간의 위치를 한층 겸허하게 바라보게 합니다. 그 자각, 그 겸손이 타인에게 무지막지하게 휘두르는 폭력을 막고 관계에서 일터에서 정치의 현장에서 발생하는 수많은 폭압을 막겠지요.

할 수 없음을 아는 일. 작은 존재로서 자신을 받아들이는 일. 이 가을에 저는 제가 아무것도 해준 게 없는 은행나무 앞에서 또 축복받은 긴 시간을 보내겠지요. 나무 한 그루 만들지 못하는데도 그 수많은 생명들 죽여놓고, 우리 각자는 무엇을 하는지요? 이 가을에 다시 돌아보며 조금 서늘해져도, 조금 부끄러워져도, 조금 말이 없어져도 좋겠다 싶습니다. 아침의 은행나무가 준 깊은 가르침을 옛 인디언의 지혜와 더불어 새깁니다.

정상/비정상으로
나뉘지 않는 세계

영혼은 자신이 살아갈 몸을 선택한다.

사람은 자기 몸의 단점을 두고서

타인을 비난할 수 없다.

사람은 자신이 누구이고 무엇인지에 대해

책임을 진다.

—어느 인디언의 가르침

학생들과 함께 책을 읽다가 찾은 구절입니다. 아메리카 인디언들은 오늘날 우리가 이야기하는 '장애'에 대한 개념이 없었다고 해요. 신체적인 장애뿐만 아니라 정신질환에 대한 개념도 없었고요. 누가 어떤 몸으로 태어났든, 어디가 부족하고 어디가 모자라든, 할 수 없는 것보다 할 수 있는 것을 생각했다고 하네요. 공동체 안에서 채워나갈 수 있는 역할로요. 가령, 앞이 보이지 않는 사람도 노래를 잘할 수 있고, 뇌성마비로 몸이 흔들리는 사람도 꽃을 돌볼 수 있으니 그 모두가 다 훌륭하다는 것이지요.

개인의 몸이나 영혼, 정신에 대해 정상/비정상, 능력/무능으로 가르지 않는 것. 손상이나 결핍, 부재로 판단하는 것이 아니라 조화롭게 채워나갈 가능성에 역점을 두는 그 사유는 이 시절을 다시 돌아보게 합니다. 가령 인지능력이 다른 이들보다 조금 모자라도 물을 잘 운반할 수 있다면 그는 공동체에 꼭 필요한 사람이고 늙어 귀가 잘 안 들려도 지혜를 줄 수 있지요. 이런 시선에서 사람을 보면 우리는 저마다 소중하고 귀한 존재입니다.

사람만이 아니라 이 세계의 크고 작은 존재가 제각각 다른 특질들로 어떤 몫을 채워가기에 모두 중요하지요. "영혼은 자신이 살아갈 몸을 선택"한다는 말은, 인간이 자신에게 주어진 존재 조건을 받아들이도록 자세의 문제를 일깨웁니다. 결핍이 아닌 은총과 조화의 시각에서 자기 존재의 소중함을 아는 사람은 또 다른 존재의 가치를 고르게 인지할 수 있고요.

효율성이나 생산성에 입각해서 너무 쉽게 사람을 재단하고 가치를 매기고, 너무 쉽게 타인을 폄하하는 현대의 문화는 수많은 혐오와 배제를 낳습니다. 차이와 조화 속에서 서로를 바라보는 선한 눈을 우리는 잃어버렸습니다. 한때 지상을 누린 사람들이 품었던 소중한 생각을 되짚는 것만으로도 이 혼돈 속에서 어떤 길을 만들 수 있지 않을까요. 부재가 아닌 나눔, 완벽이 아닌 조화의 관점에서 서로를 존중하는 세계. 몸에 대한 인식을 새롭게 하며 차이는 있을지언정 비정상이 없는 세계의 새로운 평화를 상상해봅니다.

●▶〉 열한 번째 달의 말

○　　　하얗게 서리 내리는 달　　　　첫눈이 기다려지는 달

　　모두 다 사라진 것은　　　　　　없는 듯 있는 달

　　　아닌 달　　　　　　　　　　무 배추 뽑는 달

　　강이 얼어붙기 시작하는 달　　아침 산책이 싫어지는 달

　　물물교환 하는 달　　　　　　김장하는 달

　　사냥하는 달　　　　　　　　뜨끈한 아랫목이

　　기러기 날아가는 달　　　　　　그리워지는 달

　　얼굴이 딱딱해지는 달　　　　월동 준비 다 해놓고 든든한 달

　　눈이 내리는 달　　　　　　　이불 밖은 위험한 달

　　어린 독수리 나는 달　　　　꽃은 가도 나무는

　　많이 가난해지는 달　　　　　　남아 있는 달

　　낙엽 떨어져 강물빛이　　　　젊은 애들 빼빼로 사 먹는 달

　　　거뭇해지는 달　　　　　　가래떡이 맛있는 달

　　큰 바람의 달　　　　　　　댓잎 소리가 경쾌하게

　　칠면조로 잔치하는 달　　　　　들리는 달

　　만물을 거두어들이는 달　　　바람에 떨어지는 낙엽이

　　아침에 눈 쌓인 산을　　　　　마음을 공허하게 하는 달

　　　바라보는 달　　　　　　자비가 없는 달

　　작은 곰의 달　　　　　　　목도리와 장갑이 꼭

　　　　　　　　　　　　　　　필요한 달

　　　　　　　　　　　　　세탁소가 바쁜 달

　　　　　　　　　　　　　구르몽의 시가 생각나는 달

　　　　　　　　　　　　　숯불구이가 당기는 달

　　　　　　　　　　　　‘낙엽’ 달력이 한 장 남은 달

　　　　　　　　　　　　　낙엽 쓸기 바쁜 달

열한 번째 달의 이름은 아메리카 인디언이나 우리들이나 참 많이도 지었네요. '얼굴이 딱딱해지는 달'이란 이름에는 어찌나 생생한 계절 감각이 담겼는지, 날이 추워지면 얼굴이 당기고 얼얼해지는데 그 느낌을 정확하게 옮긴 것 같아요. '낙엽 떨어져 강물빛이 거뭇해지는 달'도 예쁜 표현이지요? 가을 지나 겨울로 접어들 때 강물은 낙엽 때문에 거뭇거뭇해집니다. 이 이름들을 알게 되면서 저는 강물의 색깔을 더 유심히 살피는 버릇이 생겼답니다. 많은 것들이 사라지는 때, '모두 다 사라진 것은 아닌 달'이라는 표현은 자연의 물리적인 환경이나 우리를 둘러싼 세계뿐만 아니라 내면의 마음 풍경도 살피게 합니다.

수강생들이 지은 이름들도 참 재밌어요. '없는 듯 있는 달'에는 한 해의 마지막을 향해 가는 길목에 선 11월의 묘한 위치가 적절하게 표현됐다 싶었어요. '뜨끈한 아랫목'이라는 표현도, 어쩌면 다음 세대에서는 이해하지 못하고 사라지지 않을까 싶어서 아스라해요. 군불을 때어, 아랫목이 검게 눌어붙은 방바닥을 아는 사람이 얼마나 될까요. 어린 날, 학교에서 돌아올 때면 엄마는 할머니 할아버지 방을 따뜻하게 데우려고 사랑방에 군불을 자주 때고 계셨어요. 책가방 던져 놓고 엄마 옆에 기대어 앉아 함께 군불을 바라보던 날. 그 기억을 더듬는 저는 4학년 단발머리 꼬맹이입니다.

'꽃은 가도 나무는 남아 있는 달'이란 이름을 주신 분은 "어지간한 꽃은 다 떨어지고 나뭇잎은 12월이 되어서야 떨어지니까"라고 설명을 붙여주셨어요. '자비가 없는 달'이란 이름을 지어주신 분은 그달에 공휴일이 없어서 그렇다고 해요. 그렇죠. 우리에게 공휴일은 휴식 이전의 자비이죠. 너무 재미있는 이름이라고 우리는 모두 크게 웃었습니다. 11월은 "가을이 아쉬운데 겨울 준비를 해야 해서" 마음이 바쁘고요. '세탁소가 바쁜 달'이란 이름을 주신 분은 실제로 세탁소를 운영하는 분이셨는데, 11월이 제일 바쁜 달이라고 하셨어요. "겨울옷을 다 찾아가서 좋은 달이야, 돈도 벌고 가게도 넓어지고. 난 바빠도 너무 좋아" 호탕하게 웃으시네요. 11월은 김장을 하고 이런저런 겨울나기 준비를 하는 달, 김장을 마치고 나면 우리는 마음 편하게 겨울을 맞이하게 됩니다. 그런데 어느 연세 드신 분은 "11월은 나를 보는 것 같아. 그래서 11월이 사실 싫어. 다 갔잖아. 나처럼" 그러시네요. "다 갔잖아"라는 말로 열심히 살아오신 한 생을 가뿐하고 의연하게 함축하시면서도 "늙는 건 싫어" 하시네요. 강의실에 뭉클한 정적이 흐르는 순간입니다.

희망 다음은 침묵

별들이 당신 슬픔 앗아가주기를.

꽃들이 당신 마음 아름다움으로 채워주길.

희망이 당신 눈물을 영원토록 씻어주길.

무엇보다 침묵이 당신을 굳건하게 해주길.

_트슬레이와투스족 부족장 댄 조지의 말

댄 조지 부족장Dan George, 1899~1981은 캐나다 밴쿠버 근처에서 수천 년을 뿌리내리고 산 트슬레이와투스Tsleil-Waututh Nation라는 인디언 부족국가를 다스린 부족장이었어요. 1951년부터 1963년까지 다스렸다 해요. 원래는 성이 'Slaholt'였는데 기숙학교에 들어갈 때 'George'로 바꾸었다고 해요. 동화정책의 결과였던 거지요. 백인들에게 삶의 터전을 빼앗긴 수많은 인디언들이 그러했듯 댄 조지 부족장은 한때 자기 종족을 호령했던 부족장이지만 생계를 위해 운전사, 건설 노동자 등 다양한 직업을 전전했답니다. 말년에는 시인, 작가, 배우 등도 했는데 원주민을 비하하는 역할은 절대 맡지 않았다고 해요.

71세에 영화〈리틀 빅 맨〉(1970)으로 아카데미 남우조연상 후보로도 올라 백인들의 세계에서 스타가 되었지만, 댄 조지 부족장은 세상의 부와 명예엔 관심이 없었어요. 또 학살당한 원주민 형제들의 원수를 갚자는 인디언 운동가들의 과격한 움직임에도 "우린 오래전에 손도끼를 묻지 않았나"라며 동조하지 않았고요. 원주민의 권익을 보호하는 역할을 하다 세상을 떠난 댄 조지 부족장의 시를 읽어보면, 분노와 화, 울분의 말이 아니라 겸손하고 다정한 기도문이 많아요.

하늘의 별에 슬픔을 의탁하고 꽃들을 보며 아름다움을 느끼는 것. 울고 있는 자에게 희망을 말하는 몰락한 종족의 옛 부족장. 나치 치하에서 어린 시절을 보낸 이의 수기가 『희망은 가장 마지막에 죽는 것 Hope is the last to die』이란 제목으로 나오기도 했지만, 이를 다르게 표현하면 희망은 결코 죽지 않는 것, 그래서 눈물을 씻기고 견디는 힘을 주는 것이라는 의미겠지요.

희망 다음에는 침묵이 옵니다. 침묵이 당신을 굳건하게 해주리란 것. 생각해보면 섣부른 말로 그르치는 희망이 얼마나 많은지요. 침묵은 말하지 말라는 억압의 강요가 아니라 자기 안을 응시하는 힘입니다. 억울한 일이나 불의 앞에서 자기 목소리를 내는 것이 중요하지만 이 밑바닥에는 먼저 침묵을 통해 자신을 들여다보면서 자아의 굳건한 응집력을 뿌리내려야 합니다. 누구보다 억울하고 힘든 삶을 살았을 한 사람의 기도가 지금 우리에게 단단한 위로와 공감을 주는 아침.

그동안 이 시는 이미 출판된 책들이나 인터넷상에 「어쩌면」이라는 제목으로 잘못 번역되어 전해지고 있었답니다. '어쩌면 별들이 너의 슬픔을 데려갈 거야 / 어쩌면 꽃들이 아름다움으로 너의 가슴을 채울지 몰라……' 이렇게 되면 댄 조지 부족장이 전하는 간곡하고 겸허한 기도의 느낌이 제대로 살아나지 않고 그냥 우연에 기대는 소망으로 좀 기운 빠지는 시가 되어요. 그 아쉬운 부분을 새 번역으로 바로잡으며 그가 멀리서 전하는 기도에 귀 기울입니다.

누구나 삶의 진실

당신들은 진실 아닌 것이 오래가는 걸

본 적이 있나?

삶은 각자의 것이고 누구도

타인의 길을 지시하거나

명령할 수 없다고 우리는 생각한다.

—델라웨어Delaware족 '운디드하트'의 말

　　델라웨어족은 레나페Lenape족으로도 불리는데, 레
나페는 인디언 말로 '진정한 인간'이라는 의미라고 해요. 델
라웨어족은 미국의 동부, 뉴욕과 펜실베이니아, 뉴저지, 델
라웨어 일대에서 수렵 채집을 하면서 조그맣게 옹기종기 모
여 살던 부족이에요. '델라웨어'란 별칭은 버지니아 식민지
총독에 델라웨어 남작 토머스 웨스트가 임명된 것을 기념하
여 새뮤얼 아겔 대위가 인디언 정착촌을 '델라웨어'라고 명
명한 데서 유래합니다. 지금이라도 레나페족이라는 원래 인

디언 이름을 돌려줘야 할 것 같은데, 델라웨어족이 더 많이 알려져서 그냥 그렇게 적었지요.

'진정한 인간' 부족의 '운디드하트Wounded Heart'라는 사람이라……. '운디드하트'는 '상처 입은 가슴'이란 뜻. 아메리카 인디언들은 아이가 태어나면 바람의 정령이 말을 걸어서 이름을 준다고 믿었는데요. 바람의 정령이 왜 '운디드하트'라고 말을 걸었을까요? 그들의 스산하고 아픈 역사가 그대로 배어 있는 이 이름을 그냥 보아 넘기게 되질 않습니다.

'상처 입은 가슴'의 사나이가 한 말은, 진실에 대한 이야기인 동시에 우리 개인의 길에 대한 이야기입니다. 인디언들은 욕설을 배운 바가 없다지요. 욕설이 없는 말이라니, 참 신선하지요. 인디언들은 앙갚음도 모르고 욕설도 몰랐지만, 양보와 평화는 알았기에 아메리카 대륙에 밀고 들어온 무자비한 백인들에게조차 식량이며 땅이며 많은 것들을 내주었나봅니다. 공생의 가치를 우선한 그들의 운명이었을까요.

하지만 백인들은 그 은혜에 제대로 보답하기는커녕 땅과 곡식을 뺏는 것도 모자라 인디언들을 가두고 종족을 말살하는 정책을 펴지요. 억울하고도 슬픈 질곡의 역사이지만, 인디언들은 그토록 가혹한 억압과 수탈이라는 진실이 세상이 그대로 드러나리라는 믿음이 있었던 것 같아요. 그러면서 면면히 이어온 삶. 약해진 힘이건만 그래도 이 문명을 거슬러 지금도 가치를 이어가고 있는 것이 놀랍습니다.

우리 각자의 삶의 진실은 어디에 있을까요? 어제 수업에서 제가 학생들에게 "좋아하는 것, 따르고 싶은 꿈을 좇아서 하는 것이 삶의 큰 몫"이라고 말하니, 한 학생이 "저는 꿈이 없어도 살 수 있다고 생각해요. 꿈을 기대하는 건 우리에게 너무 힘겹거든요" 하네요. 그 말 앞에서 우리는 모두 잠시 숙연해졌지요. 그래도 저는 다시 한번, 꿈이 없다는 걸 자각하는 것도 중요하다고, 자신에게 진실할 수 있으면 된다고 이야기했습니다.

각자에게 주어진 길, 크고 작은 몫, 어떤 일 앞에서의 결단, 그걸 안다 해도 자기 것으로 받아들이기까지는 과정이 쉽지 않지요. 그걸 위해서는 자신을 들여다보는 시간이 필요한 것 같아요. 제 경우엔 답을 금방 찾을 수 없는 일이 앞에 있으면 혼자 걸으며 생각합니다. 걸으면서 생각하고 걸으면서 잊고 걸으면서 그 홀로인 시간을 견뎌보면 나와 세계의 관계를 다시 볼 수 있고, 제가 정말 원하는 것을 알 수 있거든요. 정신없이 걷는 중에 마음이 어느새 정리된다고나 할까요. 두려움도 없어지고 불안감도 줄어들어요. 신기하게도! 홀로 걸으면서 나다움을 찾는 나날, 11월은 좋은 달입니다.

겨울날들에

우린 추운 겨울을 마다하지 않았다.
강이나 나무들도 얼어붙은 침묵과 고요 속으로
자신들을 데리고 가는 혹한의 겨울이 없다면
눈부신 봄의 탄생도 없다는 걸 잘 안다. 하물며
인간의 삶에 그런 과정이 없을 리 있겠는가.

—쇼니족 전사 '푸른 윗도리'의 말

겨울날들을 지나고 있습니다. 계절도 가을 지나 겨울, 나무들은 푸르게 무성하던 이파리 다 떨구고 마른 몸으로 서 있습니다. 무엇보다 우리가 통과하고 있는 이 시절은 정녕 춥고 시린 날들입니다. 가게들은 문을 닫고 학교도 스산합니다. 우리는 컴퓨터 화면에서 만납니다. 마스크를 쓰지 않고서는 얼굴을 마주할 수 없기에 많은 이들이 모여 북적북적 술잔을 기울이며 웃고 떠들던 날들이 전생의 기억처럼 아스라합니다. 이 어려운 시절은 우리에게 다른 만남,

다른 공간, 다른 현실을 찾아보라고, 상상력을 발휘해보라고 재촉합니다.

　　　요즘 저는 컴퓨터 화면으로 학생들의 얼굴을 다른 때보다 더 유심히 쳐다보며 일일이 눈을 맞춥니다. 교실에서보다 더 가까이 더 면밀하게 학생들의 눈빛을 읽습니다. 오늘 기쁜지 슬픈지, 피로한지, 졸려 죽겠는지, 간밤에 잠은 몇 시간 잤는지, 아침은 먹고 앉아 있는지 확인합니다. 눈빛으로 인사를 건네며 밥 잘 챙겨 먹고 건강히 잘 지내고 있느냐고 묻습니다. 과제를 얼마나 잘했는지 평가하는 일보다 이 눈맞춤이 더 중요합니다. 코로나19 시절 학생들은 더 집중력 있게 공부하고 삶에 대해 더 깊이 생각합니다. 이거 해라, 저거 해라 말하지 않아도 그저 길 안내만 잘해도 잘 따라오는 대견한 학생들입니다.

　　　그럼에도 각자의 마음 안에 드리운 우울과 불안의 깊이는 다 헤아릴 수 없습니다. 그래서 수업을 마치며 저는 학생들에게 당부합니다. "오늘도 하늘이 참 맑네요. 수업 마치고 나가서 꼭 걸으세요." 그리고 힘들면 힘들다고 말하고 친구들과도 선생님과도 그 힘겨움을 나누자고 말합니다. 또 우리가 통과하고 있는 이 기이한 시절은 실은 앞선 세대가 너무 무분별하게 지구를 혹사했기에 온 걸 거라고, 미안하다고 말합니다.

　　　겨울을 지나는 많은 방법이 있습니다. 침묵과 고

요 속에 침잠하는 것. 거기서 힘을 얻는 것. 온기가 되는 말을 한마디라도 건네는 것. 실수해도 괜찮고 틀려도 괜찮다고 말하는 것. 이게 전부가 아니라고 말하는 것. 봄을 기다리는 것처럼 이 재난이 스르르 지나가기를 다부진 마음으로 기다리는 것. 그 기다림 위에 추위를 녹일 마음의 온기를 품는 것. 이 편지는 추운 계절일수록 고통을 함께 나누며, 죽지 말고 꼭 살자는 전언입니다.

바라는 일

한 뼘 땅일지라도
소중한 것을 지키라.

홀로 서 있는
한 그루 나무일지라도
그대가 믿는 것을 지키라.

먼 길을 가야 할지라도
그대가 해야 하는 것을 하라.

포기하는 것이 더 쉬울지라도
그대의 삶을 지키라.

내가 멀리 떠나갈지라도
내 손을 꼭 잡으라.

_푸에블로족의 말

열한 번째
달의 말

살다보면 '계란으로 바위를 친다'는 말이 실감 날 때가 있습니다. 아무리 애를 써도 역부족이라고 느껴지는 일도 있고, 뜻하지 않은 사소한 불씨가 엄청난 화마가 되어 우리 일상을 집어삼키기도 합니다.

올가을은 여러 얽히고설킨 일을 풀면서 보냈습니다. 가을다움을 느끼지 못한 것은 당연하고요. 그래서 그런지 문득 고개 들어 바라본 파란 하늘과, 어느새 물들어버린 단풍이 다른 해보다 더 예쁘게 느껴졌습니다. 어느덧 한 해를 정리하는 시점에 이르고보니 지난 나날이 괜히 헛발질을 한 시간이 아니었나 싶기도 하고, 되지도 않는 꿈에 매달려 허비한 시간도 떠오릅니다. 기다리는 정의와 평화는 더디게 오고 환멸과 억울함, 분노가 팽배한 시절이기에 어렵게 간직하고 있던 소중한 가치를 되는 대로 던져두고 싶기도 합니다.

이러한 때 푸에블로족의 축원은 특별합니다. 한 뼘 땅일지라도 소중한 것을 지키라 하고, 홀로 서 있는 한 그루 외로운 나무라 하더라도 믿는 것을 지키라고 합니다. 우리가 지켜야 할 것이 보기 좋은 권세와 위력과 재화가 아니라 먼 길을 가기 위한 채비, 당연히 해야 하는 일, 고독을 견디는 일이라고 합니다.

네, 고달프다 하더라도 가야 할 길은 가야겠습니다. 혼자라 하더라도 지켜야 할 것은 지켜야겠습니다. 작고 보잘것없는 것이라도 품어야 할 것은 고이 품어야겠습니다.

포기하고 싶어도 기어이 잡고 있어야 하겠습니다. 멀리 떠나더라도 손을 꼭 잡으라는 그 무망하고도 간절한 다짐. 이러한 다짐을 자꾸자꾸 하는 건 연약하게 스러지는 생명들에 대한 미안함 때문입니다.

다시 당부합니다. 우리, 해야만 하는 것을 하고 가야 할 길을 가기로 해요. 다짐이 필요하면 다짐을, 반복이 필요하면 반복을, 되새김질이 필요하면 되새김질을, 그렇게 자꾸 마음도 걸음도 꼭꼭 다져가며 소중한 것들을 보듬어 꼭 지키기로 해요.

열한 번째
달의 말

지뢰처럼 죽음이 도처에

당신이 세상에 태어날 때
당신은 울었지만 세상은 기뻐했다.
당신이 죽을 때 세상은 울겠지만
당신은 기뻐할 수 있도록
그런 삶을 살아라.

_나바호족의 말

올가을 산책길에는 낙엽을 몇 장 주워 책갈피에
꽂아두었습니다. 여러 해 지나면 그 낙엽은 곱게 갈무리되어
서 제 마음과 함께 누군가에게 편지로 전해지겠지요. 낙엽은
나무의 죽음이 아니지만 그 이파리 하나에서 삶과 죽음, 탄
생과 소멸의 원리를 봅니다. 이렇게 곱게 떠날 수 있을까, 누
군가의 발길을 멈추게 하고 누군가의 마음이 되어서.

삶과 죽음, 탄생과 소멸에 대한 나바호족의 말을
이 계절에 떠올린 것은 비단 낙엽 때문만은 아닐 것입니다.

이 계절에 한 사람, 두 사람 또 떠난 이들이 있습니다. 한 사람은 무고한 시민들을 학살하고 이 나라 최고 권력자가 되었다가 평화로이 늙어 죽었고, 또 한 사람은 그 학살에서 간신히 살아남아 온전치 못한 몸으로 살다가 고통을 고스란히 지고 스스로 생을 마감했습니다. 어떤 죽음에 세상은 애도는커녕 원망과 분노를 보내고, 어떤 죽음은 두고두고 원통하고 애절합니다.

또 저는 사랑하는 학생을 떠나보냈습니다. 매일 기도 안에서 기억하지만, 그냥 놓친 것 같아 너무 미안한 아이. 학생이 그리 큰 고통 속에 있다는 걸 알아채지 못했다는 자책감. 캠퍼스에서 그토록 환하게 웃던 아이가 마음속 그 깊은 어둠을 헤매고 있는지 몰랐다는 선생으로서의 직무 유기. 어디에서 어떻게 절망을 알아채야 하는지 막막해 한참 힘들었고, 저와 함께 가슴앓이했던 또 다른 학생들을 위로해야 했지요.

죽음이 도처에 지뢰처럼 묻혀 있는 시절입니다. 얕게 묻혀 언제 터질지 몰라 겁이 납니다. 보호받지 못한 아이들이 맞아서 죽어나가고, 국가 폭력으로 죽음보다 더한 세월을 겪어 병이 드는 사람들이 많습니다. 학살자가 천수를 누리다 평온하게 떠나는 이 어긋나고 둔감한 땅에 오늘도 해가 뜨고 하늘은 파랗고 계절은 바뀝니다.

몸이 사라져도 생의 무게는 엄연히 남습니다. 잊

은 듯해도 기억으로 남습니다. 죽음 뒤에도 저주와 원망을 끌고 가는 영혼도 있습니다. 모든 것은 그렇게, 없어지지도 사라지지도 않습니다. 그렇게 생각하니 오늘 주어지는 이 하루, 더 잘 챙기며 나누며 살아야겠다 싶습니다.

●❯❯　열두 번째 달의 말

○   첫눈이 산에 떨어지는 달   뒤를 돌아보게 만드는 달
     작은 정령들의 달   두려운 달
     날씨가 그다지 나쁘진 않은 달   한 살 더 먹을 것 준비하는 달
     다른 세상의 달   아버지가 장작 패서
     젊은이들이 불쏘시개를   쌓아놓는 달
        펼쳐놓는 달   화려한 불빛이 더 쓸쓸한 달
     나무껍질이 갈라지는 달   아직도 설레는 달
     흩어지는 달   동지팥죽 쒀서 나누어 먹는 달
     나뭇가지가 뚝뚝 부러지는 달   크리스마스의 달
     존경하는 달   군고구마가 맛있는 달
     버펄로 배가 부풀어 오르는 달   모두 비우고 멀리 갈 준비를
     침묵하는 달   하는 달
     딱딱한 눈의 달   새롭게 다가오는 새해를
     무소유無所有의 달   준비하는 달
     변덕스런 달   해외여행 가기 좋은 달
     태양이 휴식을 취하러   새해를 기다리며 더 큰 희망을
        남쪽 집으로 여행을   품는 달
        떠났다가 다시 북쪽으로   유난히 모임이 많은 달
        여행을 떠나는 달
     늑대들이 함께 달리는 달
     그녀의 겨울 집 달

한 해의 마지막은 늘 좀 특별하지요. 대지에서 난 것들이 다 수확되고 나무들도 잎을 떨구고 빈자리로 남는 겨울 대자연 앞에서 아메리카 인디언은 '무소유의 달'이라는 이름을 붙였어요. '늑대들이 함께 달리는' 대평원을 상상해봅니다. '날씨가 그다지 나쁘진 않은 달'이란 이름에서는 잔뜩 긴장하며 한겨울의 매서운 추위를 기다리다가 '아, 지나고 보니 별거 아니네' 안도하는 인디언의 목소리가 들리는 듯합니다. '변덕스런 달'에서도 겨울의 눈바람이 생각나는 동시에 계절이 그 눈바람을 통해 변덕을 잘 참아 넘기게 우리를 단련시킨다는 생각을 하게 됩니다. '그녀의 겨울 집달'이라는 표현은 어머니 대지에 겨울이 찾아들었다는 뜻이 되겠지요. 시간과 공간 감각이 결합된 '겨울 집'이나 어머니 대지를 '그녀'라 칭한 것이 친근하고도 새롭습니다.

우리에게 12월은 눈과 성탄절의 달이지요. '두려운 달'이란 이름을 주신 분께 그 이유를 여쭤보니, 어릴 때는 눈이 오면 좋아했는데 나이 드니까 눈 쓰는 것도 귀찮고 무엇보다 눈길에 미끄러지면 큰일 나니까 겁이 난다고 하시네요. "겨울이 싫어. 눈 내리는 것도 귀찮아"라고요. 그런데 그 말이 끝나자마자 다른 분이 손을 번쩍 드시더니 '아직도 설레는 달'이라고 하시네요. "지금 나이에도 말예요"라며 멋쩍게 웃으십니다. 일흔 넘은 분이었는데, 저는 그 설렘이 참 좋았어요.

비움 속에서 새로움을 준비하는 달, 동지 팥죽 쒀서 나누어 먹는 전통이 익숙하고 장작 패는 기억을 품고 있는 세대와, 겨울이면 해외여행 가는 세대가 함께 모여, 계절의 감각을 이야기합니다. "겨울인데 해외여행 가기가 좋아요?" 하니 "다른 달은 한국이 더 좋잖아요. 한국이 좋을 때는 한국에 있어야지요" 하십니다. 새해를 기다리며 큰 희망을 품는 12월. 저에게 12월은 '이름 없는 달'입니다. 아무리 생각해도 적절한 이름이 생각나지 않아요. 왜 그럴까요?

한 해의 끝을 마무리하려니 남은 일이 너무 많고, 입시에 논문심사다 학기 말 채점이다 뭐다 시달리는 바쁜 달이거든요. 공부 길 내내 성탄절을 제대로 즐겨본 적이 한 번도 없기에 12월은 끝을 준비할 여유도, 눈의 낭만도, 휴식도 없었는데, 이 글을 쓰면서 그동안 홀대받던 12월을 다시 잘 보듬어 살펴야겠다 싶습니다. 그래서 올해의 12월은 '다시 시작하는 달'로 이름 지을까 합니다.

관계의 최고 형태

내 뒤에서 걷지 마라.

내가 이끌 수 없을지도 몰라.

내 앞에서 걷지 마라.

나는 따를 수 없을지도 몰라.

내 옆에서 걸어라

우리 하나가 될 수 있을 테니.

_유트Ute족의 말

함께 길을 간다는 것은 보폭이 다른 여러 사람들이 어우러져 앞서거니 뒤서거니 이끌고 따르는 일입니다. 하지만 그 길이 때로 불협화음으로 얼룩져서 이탈자나 낙오자가 생기기도 합니다. 너무 앞서 걷다보면 걸음이 느린 분들에게 볼멘소리를 듣기도 하지요.

걸음이 무척 빠른 편인 저는 산행을 할 때 늘 앞서 걷고는 하는데, 뒤에 오는 분들에게 가끔 원망을 듣기도 합니다. 얼마 전 첫눈 내린 다음 날, 제가 좋아하던 분의 49재를 지내러 북한산에 올랐어요. 젊은 나이에 돌아가신 그분을 생각하며 묵묵히 제 걸음으로 걷던 저는 뒷사람들이 얼마나 힘들게 따라오는지 모르고 있었어요. 어떤 분이 그만 쉬었다가 가자고 하셨는데, 알고보니 일행 중 한 분이 눈에 쉽게 미끄러지는 운동화를 신고 오신 거예요.

그걸 뒤늦게 알아차리고 얼마나 죄송했던지. 그분이 신발에 아이젠 채우기를 기다리며 우리는 물도 나누어 마시고 사과도 나누어 먹으며 숨을 가다듬었지요. 제법 가파른 산길을 준비 없이 오를 때에는 산을 오르는 시간만큼 적당히 기다리고 숨을 고르는 시간도 중요하다는 걸 깨달았습니다. 혼자서 기운을 뽐낼 일도 아닌데, 왜 그랬을까요? 앞과 뒤를 살펴 함께 걷고 보폭을 조절하는 여유는 공부 길에서도, 길을 걸을 때도 꼭 필요한 덕목이란 걸 실감했지요.

아메리카 인디언 유트족의 격언은 바로 그 점을 일깨워줍니다. 유트족은 미국 서부 대분지, 오늘날 산타페 지역에서 서쪽으로 샌프란시스코에 이르는 분지에 살았던 인디언 부족입니다. 오늘날 유타주라는 이름이 인디언 유트족에서 나왔다고 해요. 이들의 주거지는 유타주, 네바다주, 콜로라도주에 걸쳐 있었는데 19세기 백인들과의 전쟁에 패배한 이후 유트족은 콜로라도 남서부의 인디언 보호 구역에 정착했다고 해요. 지금은 3000명 남짓 남아 있다고 하는데,

유트족이 남긴 이 말을 저는 특히 좋아합니다.

내 뒤에서 걷지도, 내 앞에서도 걷지 말라는 말은 내가 누군가의 지도자나 추종자가 되고 싶지 않다는 소망의 완곡한 표현입니다. 우리가 하나 되는 길은 바로 옆에서 걷는 것입니다. 신영복 선생님 또한 관계의 최고 형태로 입장의 동일함을 꼽고 있는데요. 함께하는 사람들 사이에서는 머리 좋은 것보다는 마음을 맞추는 것이, 마음보다는 손을, 손보다는 발을 맞추는 것이 낫다는 말을 하십니다. 그러면서 관찰보다는 애정이, 애정보다는 실천적 연대가 실천적 연대보다는 입장의 동일함이 중요하다고 강조하셨지요.

그 입장의 동일함이 바로 아메리카 인디언들이 지향한 함께 걷는 걸음, 공동체를 살아가는 삶의 지혜였습니다. 아이도 어른처럼 공경하였기에 아이의 말도 귀담아들었고 남녀노소 구분이나 차별 없이 고르게 공감하는 관계를 이어온 원주민들의 삶의 태도는 온갖 위계로 층층이 나뉜 오늘날의 공동체에 소중한 가르침을 줍니다. 나 대신 모든 걸 해결해주는 슈퍼맨 같은 지도자를 원하는 우리의 게으름, 혹은 아무 말 하지 말고 그저 따르라며 폭력적으로 지배하고 싶어 하는 우리의 오만을 깨우칩니다. 뒤에서 오는 이, 앞서 걷는 이를 옆으로 끌어당기는 지혜로 하루하루가 조금 더 다정하길, 조금 더 여유롭게 숨을 쉴 수 있기를 바라봅니다.

지나간 일은 지나간 일

더는 부정적으로 추측하지 말고

더는 자신을 책망하지 말고

더는 과거 때문에 괴로워하지 말고

더는 화의 노예가 되지 말고

더는 원하는 일을 미루지 말라.

—오논다가족의 말

유난히 힘들었던 한 해가 저물고 있습니다. 이 힘들었던 날의 기억은 아마 한참 시간이 흐른 뒤에 다시 기록할 수 있을지 모르겠습니다. 아직 가라앉지 않은 여러 감정의 파고 속에서 저는 아무것도 정리하지 못하고 그냥 한 해의 끝자락에 선 것 같아요. 그런데 정도의 차이는 있을지언정, 올해는 만나는 이들마다 힘들다 하네요. 어디에서 기쁨과 희망을 찾아야 할지 모르겠다고 하네요. 좋은 날은 쉬 오지 않는 것이라 한 걸음 앞으로 나아가면 두 걸음 뒤로 물러서는 일이 허다한 것이 삶의 길임을 깨달으면서, 우리는 올한 해에도 분노와 화와 책망과 괴로움 속에서 몸부림치며 버티어왔네요.

장하다. 대견하다. 잘 버티었다. 별로 잘한 것도 없는 한 해이건만, 그래도 다독여봅니다. 정신 번쩍 들게 하는 험난한 파고도 힘들지만 지리멸렬한 일상의 누추함 또한 우리의 생기를 갉아먹기에, 위기나 모험뿐만 아니라 평범한 하루하루를 버티는 것은 또 얼마나 힘들었는지요. 그래서 스스로를 먼저 챙겨주렵니다.

그러고 나서 해야 할 일. 버리는 일입니다. 부정적 추측, 화, 책망, 괴로움, 시기, 억압, 모든 나쁜 감정들을 흐르는 강물 같은 세월 속에 흘려보내야 합니다. 부정적 추측을 일삼으면 생기 있는 꿈을 꾸기 어렵습니다. 부정적 추측이 습관이 되면 현실을 바꿀 용기나 동력이 생기지 않습니다. 어떤 경우, 어떤 상황에서도 단단한 꿈을 풍선처럼 띄워서 그 끈을 꼭 쥐고 있어야 합니다.

지나간 일은 지나간 일. 앞으로 해야 할 일을 떠올려봅니다. 더는 의무와 책임에 묶여서 내가 정말 원하는 걸 피하지 말아야겠다고, 새해엔 내가 하고픈 일을 꼭 해야겠다고, 그 다짐을 하는 데도 힘과 용기가 필요하다고 심호흡합니다. 새로운 날에 원하는 일을 꿈꾸어본 시간, 그래서 아쉬움과 곡절과 다 풀지 못한 원망과 자책이 후루룩 지나는 이

세밑의 시간이야말로 은총일지 모르겠습니다. 원하는 일을 하는 새해, 다른 소망은 없지 않고 이것만 집중하기로 합니다. 하나둘, 꿈을 적어봅니다. 잊어버렸던 꿈을.

감사의 이유

아침에 눈뜨면

태양과 너의 생명에 감사하라.

감사의 이유를 알 수 없다면

악이 너를 흙탕물처럼 더럽힌 것이다.

―쇼니족의 말

　코로나19 시기, 한 번도 경험해보지 못한 이상한 성탄절을 보냈습니다. 5인 이상 모임이 금지된 상태에서 모든 성탄 전례, 예배나 미사가 다 온라인으로 진행되기에 각자 자신의 고립된 공간에서 컴퓨터 화면으로 예수님 탄생의 기쁨을 큰 실감 없이 맞이했지요. 이번 대림 시기에는 간절함과 무감이 함께 섞여 있었던 것 같아요.

　바이러스로 인해 온 세계가 '멈춤'이라는 기이한 경험을 하고 있는 한 해를 보내며 문득 저의 좌우명 이야기를 하고 싶었습니다. 매일 아침 눈을 뜨면 '오늘 하루를 주셔서 감사합니다'라는 기도를 드리는데요. '감사'라는 말을 최근에 자주 잊고 있었다는 생각이 들었습니다. 감사를 잊은 나날에는 기쁨도 행복도 온전히 누리지 못하는데 감사보다는 비판이 마음의 더 큰 영토를 차지하고 있지는 않았는지 돌아봅니다.

아침에 눈 뜨는 것 자체에 감사해본 적이 언제인지, 내가 숨 쉬는 이 호흡, 이 생명, 동쪽에서 솟아오르는 해에 감사해본 적이 언제인지요. 이 멈춤의 시간을 고요한 기다림으로 채워 기다림 뒤에 오는 기쁨을 제대로 마중하고 감사하는 시간이 되면 좋겠습니다. 물론 더 춥고 더 혹독한 시간을 거쳐야 하겠지요. 떨어져 죽고 기계에 끼여 죽는 사람들, 혼자 죽어가는 아이들이 많은 비참과 슬픔의 땅이지만, 스스로 빛이 되는 이들도 많습니다. 한 이주노동자가 비닐하우스 숙소에서 한파에 숨졌다는 소식을 들은 성탄 전날 아침에 무슨 일로 빛이 될지 생각합니다.

우리의 기도는 이 추위에 따뜻한 집을 주셔서 감사하다는 스스로의 안위에 머물러서는 아니 됩니다. 우리만의 평안과 안위에 대한 감사를 넘어서는 기도여야 하지 않을까요. 아니, 우리의 기도는 통곡이어야 하지 않을까요. 우리가 품어야 했지만 품지 못하고 버려두었던 아픔, 외면했던 어둠. 지식과 권위, 권력으로 무장한 이들은 누리던 특권을 더 공고히 하는 데 열중합니다. 다 함께 사는 사랑의 나라가 아닌 편견과 배제의 나라로 만들어갑니다. 밀려난 이들은 계속 더 바깥으로 밀려나 추워지는 시절에 우리의 기도는 이 사회의 소수자들을 못 본 척한 것에 대한 뼈아픈 고해성사여야 하지 않을까요.

　　　메마르고 추운 12월, '무소유의 달'에 이 춥고 메마른 시절에 지녀야 할 것과 버려야 할 것을 생각합니다. 냉소는 버리고 건강한 비판을 챙기기를, 자만은 버리고 감사와 기쁨을 품기를. 멀리 있으나 가까이 있으나 이 글을 읽어주는 당신이 계셨기에 참 감사했던 한 해. 후회는 버리고 평화를 챙깁니다.

구원이라는 낯선 이름

우리 역사를 알려고

그들은 우리 땅을 온통 파헤쳤다.

그러나 어떤 감옥, 어떤 정신병원도

찾아내지 못했다.

그처럼 다양한 언어를 가진 여러 부족 사람들이

그런 시설 하나 없이 어떻게 살아올 수 있었을까?

—무스코기Muskogee/Muscogee/Mvskoke족 부족장의 말

뭔가를 안다는 게 무얼까 생각해봅니다. 알기 위해 파헤치고 알고 난 후에는 선언하고 가두는 일. 문명의 일입니다. 각기 다른 언어를 쓰며, 아메리카 대륙의 험한 땅들을 소박하게 차지했던 인디언들의 세계에는 감옥이나 정신병원이 없었다고 합니다. 크고 작은 싸움들은 있었지만 갈등을 충돌이나 감금으로 해결하지 않고 대화로 해결하는 공동의 원칙이 있었다지요. 대개는 부족에서 지혜로운 이가 갈등

을 중재하는 역할을 맡아 공동체의 일을 결정할 때는 만장일치로 했고, 또 어린이나 여성 등 약자들의 목소리를 소중히 했고요.

앞에서도 썼지만 설령 누군가가 신체적, 정신적으로 조건이 다르다 하더라도 공동체 안에서 감당할 각자의 역할이 있었기에 부끄러운 일도 숨길 일도 아니었다지요. 손이 불편해도 셈을 잘할 수 있고, 말을 잘 못해도 물을 잘 길을 수 있듯이 각자는 자신이 잘하는 것을 하면 되었지요. 그런 세상이 문명이라는 이름으로 들어온 점령군에게 장악된 후 아메리카 인디언들은 자기들의 땅에서 쫓겨났으니 그 절멸의 역사는 현대문명의 부끄러움이고 얼룩이고 원죄가 아닐 수 없습니다.

성탄 대축일을 맞아 구원의 역사가 어디에서 시작되나 생각해봅니다. 사람이 사람을 구원하는 일, 공동체나 국가의 운명을 결정하는 일. 무스코기족 부족장의 회고에 작은 실마리가 있습니다. 무스코기족은 크리크족이라고도 하는데, 문명화된 다섯 부족 중 하나였지요. 오클라호마, 앨라배마, 조지아, 플로리다에도 이들의 후손이 자치 마을을 구성하여 살아가고 있어요. 원주민의 목숨을 치명적인 사망률로 앗아갔던 전염병과 전쟁, 온갖 억압과 폭력의 역사 속에서 미시시피강을 따라 융성했던 문화가 거의 무너지다시피했지만 그래도 예전의 강인한 부족 연맹의 기억을 유지하며

열두 번째
달의 말

살아가는 사람들이 있어 이런 지혜를 전해주네요.

다른 언어를 쓰는 다른 부족들이 어떻게 이 대지 위에 조화롭게 살아올 수 있었을까를 자문하며 무스코기족 부족장은 말합니다. 무엇보다 각자의 다름 안에서 온전함을 인정하고 살피는 것이 제일 중요하다고. "너 정신병이야!" "너 병들었어!" "너는 왜 우리와 다르니?" 상대방의 문제를 야멸치게 병으로 단정 짓고, 차이를 죄로 단죄하고 욕하고 가두지 말라는 것이지요.

서로가 서로의 다른 손, 다른 머리가 될 것. 함께 나눌 것. 성탄절에 세상에 오신 분이 가르치는 사랑도 그러한 것이겠지요. 강해 보이는 이에게 굴종으로 엎디지 말고, 약하고 보잘것없는 이의 곁에 머물 것. 혐오의 말들이 난무하는 메마르고 거친 시절에, 구원의 역사를 새로 쓰신 분의 탄생을 다시 기리며, 조금 차분한 성탄 전야를 보냅니다. 사랑으로 오신 분의 사랑의 방식을 생각하며 오늘 내가 할 수 있는 작은 일을 하려 합니다. '구원'이 비현실적인 단어가 된 오늘날, 우리의 구원은 이렇게 작고 가까운 곳에 있는지도 모릅니다.

인사를 나누는 달	아베나키 Abenaki족
해가 눈 녹일 힘이 없는 달	앨곤퀸 Algonquin족
개미들이 날아가는 달	아파치 Apache족
바람 속 영혼들처럼 눈이 흩날리는 달	북부 아라파호 Northern Arapaho족
마음 깊은 곳에 머무는 달	아리카라 Arikara, Arikaree (리 Ree족)
위대한 정령의 달	아니시나베 Anishinaabe족 (오지브웨 Ojibwe, 오지브와 Ojibwa, 또는 치페와 Chippewa족)
중심이 되는 달	아시니보인 Assiniboine족
추운 달	체로키 Cherokee족, 동부 체로키족
강한 바람의 달	샤이엔 Cheyenne족
위대한 달, 한겨울의 달, 늙은이가 불쏘시개(땔나무)를 　펼쳐놓는 달	크리 Cree족
겨울의 동생 달	크리크 Creek족(무스코기 Muskogee/ Muscogee/Mvskoke족)
곰 사냥하는 달	하이다 Haida족

즐거움이 넘치는 달	호피Hopi족
안에 머무는 달	칼라푸야Kalapuya족
엄지손가락 달, 호수가 어는 달	클라마트Klamath족
힘든 달	라코타Lakota족, 오글라라 라코타Oglala Lakota족
큰 추위의 달	모호크Mohawk족
작은 독수리의 달	나바호Navajo족
눈이 천막 안으로 휘몰아치는 달	오마하Omaha족
울부짖는 바람의 달	파사마쿼디Passamaquoddy족
짐승들 살 빠지는 달	피마Pima족
눈이 녹는 달	퐁카Ponca족
곰의 달	포타와토미Potawatomi족
얼음 얼어 반짝이는 달	푸에블로Pueblo족
얼어붙는 달	중부 쇼쇼니Central Shoshone족
늑대들이 함께 달리는 달	수Sioux족
거위의 달	틀링깃Tlingit족
그녀의 추운 달	위시람Wishram족
땅바닥이 어는 달	유치Yuchi족
작은 나뭇가지들이 눈에 부러지는 달	주니Zuni족

2월

나뭇가지들이 땅바닥에 떨어지는 달	아베나키족
강에 얼음이 풀리는 달	앨곤퀸족
빨아들이는 달, 속는 달, 숭어의 달	아니시나베족
서리가 햇빛에 반짝이는 달	북부 아라파호족
메마른 달	아시니보인족
뼈가 다 드러나는 달	체로키족
먹을 것이 너무 없어 사람들이 　뼈를 갉작거리고 　뼈 곤 국물을 먹는 달	동부 체로키족
작고 힘든 얼굴의 달	샤이엔족
오래된 달	크리족
거위의 달	하이다족
정화와 재생의 달	호피족
먹을 게 떨어지는 달	칼라푸야족
새순 돋는 달	카이오와Kiowa족
검지손가락 달, 비 내리고 춤추는 달	클라마트족
추위로 나무들이 갈라지는 달	라코타족
더디게 가는 달	모호크족
바람 부는 달	크리크족

작은 독수리가 시끄러워지는 달	나바호족
기러기가 집으로 돌아오는 달	오마하족
가문비나무 끝이 부러지는 달	파사마쿼디족
나무들 헐벗고 풀은 안 보이는 회색의 달	피마족
토끼가 새끼 배는 달	포타와토미족
까마귀의 달	쇼니Shawnee족
코요테의 달	중부 쇼쇼니족
너구리의 달	수족
삼나무에 먼지바람 부는 달	테와푸에블로Tewa Pueblo족
검은 곰의 달	틀링깃족
물고기가 뛰노는 달	위네바고Winnebago족
모닥불 주변에 어깨에 어깨를 기대는 달	위시람족
바람의 달	유치족
오솔길에 눈이 없는 달	주니족

3월

무스 사냥하는 달	아베나키족
물고기 잡는 달	앨곤퀸족
딱딱한 눈의 달, 기러기의 달	아니시나베족
한결같은 것은 아무것도 없는 달	아라파호족
버펄로가 새끼 낳는 달	북부 아라파호족
눈이 따끔거리는 달	아시니보인족
마음을 움직이게 하는 달, 딸기의 달, 바람 부는 달	체로키족
강풍이 죽은 나뭇가지를 쓸어간 땅에서 새순 돋을 준비하는 달	동부 체로키족
얼굴이 지저분해지는 달	샤이엔족
독수리의 달	크리족
거위가 꽥꽥대는 달	하이다족
속삭이는 바람의 달	호피족
가운뎃손가락 달, 물고기 잡는 달	클라마트족
여자들이 카마시아 심는 달	칼라푸야족
눈이 짓무르는 달	라코타족
훨씬 더디게 가는 달	모호크족
어린 봄의 달	크리크족

작은 풀의 달	나바호족
작은 개구리의 달	오마하족
봄의 달	파사마쿼디족
연둣빛 달	피마족
연못에 물이 고이는 달	퐁카족
두루미의 달	포타와토미족
나무에 물이 오르는 달	쇼니족
따뜻해지기 시작하는 달	중부 쇼쇼니족
암소가 송아지 낳는 달	수족
잎이 터지는 달	테와푸에블로족
긴 하루의 달	위시람족
작은 여름의 달	유치족
작은 모래바람 부는 달	주니족

4월

단풍나무 시럽 만드는 달	아베나키족
옥수수 심는 달	앨곤퀸족, 위네바고족
설피(눈신) 못 쓰게 되는 달	아니시나베족
큰 잎사귀의 달	아파치족
강에 얼음이 풀리는 달	북부 아라파호족
개구리 달	아시니보인족, 아니시나베족
생의 기쁨을 느끼게 하는 달	블랙푸트Blackfoot족
머리맡에 씨앗을 두고 자는 달	체로키족
만물이 생명을 얻는 달	동부 체로키족
거위가 알을 낳는 달	샤이엔족
잿빛 기러기의 달	크리족
기러기가 떠나는 달	하이다족
얼음이 풀리는 달	히다차Hidatsa족
바람 부는 달	호피족
곧 더워지는 달	카이오와족
약손가락 달	클라마트족
여자들이 뼈를 잘라서 끓이는 달	라코타족
잎사귀가 인사하는 달	오글라라 라코타족
잎사귀 돋아나는 달	모호크족

4월 달력

큰 봄의 달	크리크족
큰 풀의 달	나바호족
나무에 꽃이 피기 시작하는 강한 달	피마족
녹아 흐르는 달	중부 쇼쇼니족
푸른 풀, 붉은 풀이 돋아나는 달	수족
크고 작은 나무에서 잎이 돋는 달	틀링깃족
큰 여름의 달	유치족
큰 모래바람 부는 달	주니족

5월

밭 가는 달	아베나키족
여자들이 옥수수 김매는 달	앨곤퀸족
꽃 피는 달	아니시나베족
나뭇잎이 초록이 되는 달	아파치족
오래전에 죽은 이를 생각하는 달	아라파호족
조랑말이 털갈이하는 달	북부 아라파호족
게을러지는 달	아시니보인족
구멍에다 씨앗 심는 달	동부 체로키족
말이 살찌는 달	샤이엔족
개구리의 달	크리족
먹거리 모으는 달	하이다족
기다리는 달	호피족
카마시아가 피어나는 달	칼라푸야족
거위가 북쪽으로 날아가는 달	카이오와족
푸른 이파리들의 달	라코타족
큰 잎사귀의 달	모호크족, 아파치족
뽕나무 오디 따 먹는 달	크리크족, 유치족
풀이 크게 자라는 달	나바호족
꽃봉오리 피어나는 달	중부 쇼쇼니족, 아니시나베족

작은 꽃들이 죽는 달	오세이지Osage족
딸기 따는 달	포타와토미족, 쇼니족
말이 털갈이하는 달	수족
씨앗과 물고기와 거위의 달	밸리마이두Valley Maidu족
옥수수 김매주는 달	위네바고족
이름 없는 달	주니족

6월

괭이질하는 달	아베나키족
옥수수밭에 흙 돋우는 달	앨곤퀸족
딸기가 익어가는 달	아니시나베족, 유트Ute족
더위가 시작되는 달	북부 아라파호족, 퐁카족
잎사귀가 다 자란 달	아시니보인족
말없이 거미를 바라보게 되는 달	체로키족
옥수수 모양이 뚜렷해지는 달	동부 체로키족
점점 두꺼워지는 달	샤이엔족
이파리들이 나오는 달	크리족
새끼손가락 달	클라마트족
수다 떠는 달	푸트힐마이두Foothill Maidu족
산딸기 익어가는 달	하이다족
심는 달	호피족
카마시아가 익어가는 달	칼라푸야족
여름 달	카이오와족, 파마사쿼디족, 중부 쇼쇼니족
산딸기 한창인 달	라코타족
곡식이 익어가는 달	모호크족
블랙베리의 달	크리크족, 유치족

초목들이 크게 자라는 달	나바호족
황소가 짝짓기하는 달	오마하족
거북이의 달	포타와토미족
초록 이파리들이 올라오는 달	수족
나뭇잎이 짙어지는 달	테와푸에블로족
옥수수수염이 나는 달	위네바고족
생선이 쉽게 상하는 달	위시람Wishram족
전환점에 선 달	주니족

7월

풀 베는 달	아베나키족
호박이 무르익고 콩을 먹을 수 있는 달	앨곤퀸족
산딸기 익어가는 달	아니시나베족, 수족
말의 달	아파치족
레드베리의 달	아시니보인족
옥수수 익는 달	체로키족
여름 달	샤이엔족
오리가 털갈이하는 달	크리족
열매가 빛을 저장하는 달	크리크족
연어의 달	하이다족, 틀링깃족
어린 독수리가 나는 달	호피족
한여름의 달	칼라푸야족, 퐁카족
사슴이 뿔을 가는 달	카이오와족
초크체리(산벚나무 열매)가 검게 익는 달	라코타족
더 많이 익어가는 달	모호크족
조금 거두는 달	나바호족, 크리크족
버펄로가 울부짖는 달	북부 아파치족, 오마하족
익어가는 달	파사마쿼디족
블랙베리 달	쇼니족

천막 안에 앉아 있을 수 없는 달	유트족
옥수수 튀기는 달	위네바고족, 동부 체로키족
연어가 떼를 지어 강으로 올라오는 달	위시람족
열매에 나뭇가지가 부러지는 달	주니족

8월

풀 베는 달	아베나키족
옥수수 먹을 수 있는 달	앨곤퀸족
온갖 산딸기가 익어가는 달, 허클베리의 달	아니시나베족
버찌가 검어지는 달	아시니보인족
과일이 끝나는 달, 열매를 따서 말리는 달	체로키족
거두는 달	샤이엔족
새끼 오리가 날기 시작하는 달	크리족
모두 다 익어가는 달, 크고 작은 밤의 달, 많이 거두는 달	크리크족
삼나무 껍질을 벗겨 　모자와 바구니를 만드는 달	하이다족
즐거움이 넘치는 달	호피족
여름의 끝 달	칼라푸야족
노란 이파리들의 달	카이오와족
익어가는 달	라코타족
상큼하니 기분 좋은 달	모호크족
많이 거두는 달	나바호족

노란 꽃의 달	오세이지족
옥수수가 은빛 물결을 이루는 달	퐁카족
깃털 떨어지는 달	파사마쿼디족
자두의 달, 다른 모든 것을 잊게 하는 달	쇼니족
거위가 깃털 가는 달	수족
산딸기가 산에서 익어가는 달	틀링깃족
개의 달	유치족

9월

옥수수 거두는 달	아베나키족, 앨곤퀸족, 테와푸에블로족, 유치족
쌀밥 먹는 달	아니시나베족
풀이 마르는 달	북부 아라파호족, 수족
노란 이파리의 달	아시니보인족
검은 나비의 달	체로키족
풀이 마르는 달, 시원한 달	샤이엔족
흰 기러기의 달	크리족
어린 밤 따는 달	크리크족
얼음의 달	하이다족
엄청 많이 거두는 달	호피족
도토리묵 해 먹는 달	푸트힐마이두족
수확 후의 달	칼라푸야족
잎이 지는 달	카이오와족, 나바호족
검지손가락 달, 춤추는 달	클라마트족
갈색 이파리의 달	라코타족
아주 기분 좋은 달, 작은 도토리밤 달	모호크족
사슴이 땅을 파는 달	오마하족
가을이 시작되는 달	파사마쿼디족

포포나무papaw의 달	쇼니족
도토리의 달	위시람족, 후치놈족, 동부 체로키족
모든 것이 익고 옥수수 거두는 달	주니족

10월

이파리 떨어지는 달	아베나키족, 아니시나베족, 북부 아파치족, 수족, 나바호족, 클라마트족
풀과 흙에 하얀 서리가 내려앉는 달	앨곤퀸족
옥수수 거두는 달	아파치족
양쪽이 만나는 달, 줄무늬 땅다람쥐가 뒤돌아보는 달	아시니보인족
거두어들이는 달	체로키족, 동부 체로키족, 파사마쿼디족
시냇가에 물이 얼기 시작하는 달	샤이엔족
새들이 남쪽으로 날아가는 달	크리족
곰이 겨울잠에 들어가는 달	하이다족
털이 길어지는 달, 수확하는 달	호피족
추워서 견딜 수 없는 달, 내가 올 때까지 기다리라고 말하는 달	카이오와족
먹을거리 저장하는 달	퐁카족, 아파치족
산이 불타는 달	후치놈족
가난해지기 시작하는 달	모호크족
큰 밤 따는 달	크리크족

10월 달력

변화하는 달	오글라라 라코타족
가운뎃손가락 달	클라마트족
첫서리가 내리는 달	포타와토미족
시드는 달	쇼니족
변화하는 달	수족
커다란 달	틀링깃족
카누 타고 여행하는 달	위시람족
옥수수 익는 달	유치족
큰 바람의 달	주니족

11월

강물이 어는 달	아베나키족, 히다차족, 크리족
하얗게 서리 내리는 달	앨곤퀸족
얼어붙는 달	아니시나베족
모두 다 사라진 것은 아닌 달	아라파호족
강이 얼어붙기 시작하는 달	크리족
서리 내리는 달	아시니보인족
물물교환 하는 달	체로키족
사냥하는 달	동부 체로키족
기러기 날아가는 달	카이오와족
얼굴이 딱딱해지는 달	샤이엔족
눈이 내리는 달	하이다족
어린 독수리 나는 달	호피족
많이 가난해지는 달	모호크족
겨울을 대비해 안으로 옮기는 달	칼라푸야족
겨울이 시작되는 달	라코타족
서리의 달, 낙엽 떨어져 강물빛이 거뭇해지는 달	크리크족
큰 바람의 달	나바호족
어는 달	파사마쿼디족

칠면조로 잔치하는 달	포타와토미족
긴 달	쇼니족
추운 달	중부 쇼쇼니족
잎이 지는 달	수족
만물을 거두어들이는 달	테와푸에블로족
긁어 들이는 달	틀링깃족
작은 곰의 달	위네바고족
아침에 눈 쌓인 산을 바라보는 달	위시람족

12월

겨울 달	아베나키족
흰 서리의 달	앨곤퀸족
작은 정령들의 달	아니시나베족
나무껍질이 갈라지는 달	북부 아라파호족, 수족
중심이 되는 달의 동생 달	아시니보인족
눈의 달, 다른 세상의 달	체로키족
첫눈이 산에 떨어지는 달	동부 체로키족
늑대들이 함께 달리는 달	샤이엔족
젊은이들이 불쏘시개(땔나무)를 펼쳐놓는 달, 흩어지는 달	크리족
딸기 거두는 달	하이다족
존경하는 달	호피족
날씨가 그다지 나쁘진 않은 달	칼라푸야족
사슴이 뿔을 가는 달	라코타족
추운 달	모호크족
큰 겨울의 달, 침묵하는 달	크리크족
딱딱한 눈의 달	나바호족
물고기 어는 달	파사마쿼디족
무소유無所有의 달	퐁카족

변덕스런 달	쇼니족
나뭇가지가 뚝뚝 부러지는 달, 버펄로 배가 부풀어 오르는 달	수족
하루 종일 얼어붙는 달	밸리마이두족
어미 배 속 물개가 자라는 달	틀링깃족
큰 곰의 달	위네바고족
그녀의 겨울 집 달	위시람족
한겨울의 달	유치족
태양이 휴식을 취하러 남쪽 집으로 　여행을 떠났다가 　다시 북쪽으로 여행을 떠나는 달	주니족

참고문헌

- Bruchac, Joseph, ed., *Native Wisdom*, San Francisco: HarperOne, 1994.
- Hill Jr., Norbert S., ed., *Words of Power: Voices from Indian America*, Colorado: Fulcrum Publishing, 1994.
- Perdue, Theda, *North American Indians*, New York: Oxford University Press, 2010.
- Pommersheim, Frank, *Broken Landscape: Indians, Indian Tribes, and the Constitution*, New York: Oxford University Press, 2009.
- Teuton, Sean, *Native American Literature: A Very Short Introduction*, New York: Oxford University Press, 2018.
- Wall, Steve and Arden Harvey, *Wisdom's Daughters: Conversations with Women Elders of Native America*, New York: Harper Perennial, 1994.

사이트

www.congress.gov/bill/114th-congress/house-bill/184/text

www.wwu.edu/astro101/indianmoons.shtml

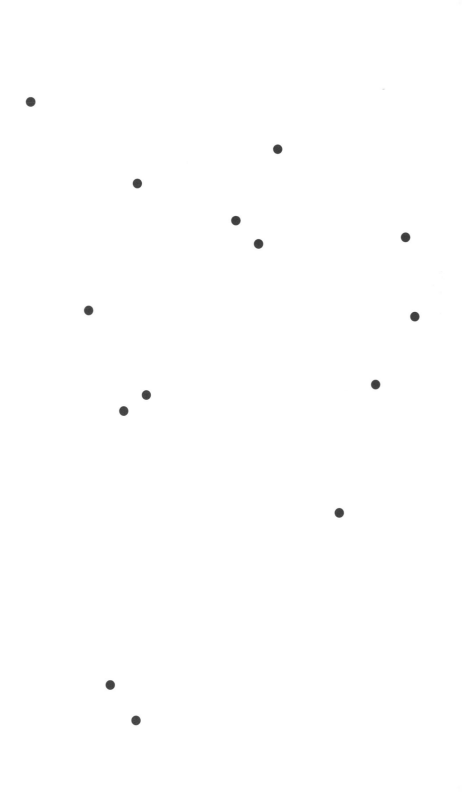